躺著學英文 ②

青春‧英語‧向前行

www://....

English easy talk

學習英文就是背單字、K文法、考托福、當謀職利器嗎？
跟著作者的「英文成長之路」走一遭，你會豁然開朗！

英語原來是　一把夢想之鑰　一扇異文化之窗
　　　　　　一個更豐富人生的基礎
　　　　　　一種英美名人也常凸槌的工具
　　　　　　一個用對了方法、躺著就能學好的玩意！

Go! Go! Listen!

成寒◎著

Contents ⊕

躺著學英文 ❷

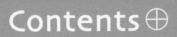
Contents ⊕

〔自序〕

》沒有英文，
我一無所有

沒 有學好英文，今生我一無所有。

曾經，我連夢都不敢想

　　小時候，我住在台中縣鄉下一座頗具歷史的大宅門，高高的圍牆，環繞著偌大的庭園，自成一天地。三代同堂的家庭，規矩多，比方說小孩有耳無嘴，坐要有坐相，站要有站相⋯⋯我赤著腳，成天在園裡晃晃悠悠，讀大人書，看著高高的牆，很想飛出去。

　　圍牆外，稻田的邊界有鐵軌，我曾左右腳替換著走一條單軌，低著頭，努力求平衡，一面留意著火車的到來。搖搖晃晃走著，走著，看前方無盡延伸的軌跡，心中不禁起了疑問，這鐵軌究竟通往遠方不知名的什麼地方？

　　「夢想」二字，拆開來可解釋為「夢裡想的」。日有所思，夜有所夢。我是那種無日不夢的人，若哪夜沒有作夢，

躺著學英文 2

這覺多半睡不安穩。我時常耽溺於夢想的描擬、期待，然後付出行動去追求。在十歲那年有了二十歲以前遊遍台灣，三十五歲以前覽盡全世界的念頭。

然而，我也曾經是一個數學考零鴨蛋，跑步全校最慢，體重全班最輕，天生敏感、愛哭、自卑的小女孩，曾經害羞到小學六年幾乎沒說過幾句話。從小天天挨打，不知活著有什麼意義。

曾經，我的英文一塌糊塗。說什麼夢想——有一陣子，我連夢都不敢想。

英語是一把開啟夢想之門的鑰匙

二〇〇二年十月下旬，《推開文學家的門》彩色增訂版剛推出時，朋友送了一本給台南縣文化局長林衡哲，小時候我曾讀過他在台大醫學院唸書時翻譯的《羅素傳》。林局長接過書，卻說：「這本書我兩年前就買過了。作者成寒不知是男是女，家裡一定很有錢，才能跑遍世界各地。」

朋友轉話給我聽，我差點笑岔了氣。

在亞洲週刊上讀到：「世界不屬於英語，但英語屬於世界。英語是一把鑰匙，可以打開許多的門。」

而我手上就是拿到那把鑰匙，而且是一把金鑰匙，我自己爭取來的。這把鑰匙幫我開啟了夢想之門。

　　本書共分六個章節：第一章〈誰不會「凸槌」？〉，談在英文學習過程中，無可避免的誤聽、誤說、誤寫，以英國首相布萊爾、美國太空人阿姆斯壯等名人為例，每個人都會犯錯，錯了就要改，Don't worry! 另附各種對付「凸槌」的偏方，供讀者對症下藥。

　　第二章〈英文勵志書不過是一帖安慰劑〉，列舉許多人的故事，看別人到底是如何學好英文，然後想想自己吧！為什麼別人能把英文學好，而你不能？

　　第三章〈漫遊英文奇境〉，學英文也是在學文化，你知道「十五分鐘」是何意義？最大的數字有多大？哈日族、哈韓族的英文怎麼說？若忽略了中西文化之間的差異，英文就學不好，在探索的過程中有如漫遊奇境般有趣呢！

　　第四章〈一本難唸的翻譯經〉，提到國內英譯中的一些內幕，包括翻譯的價碼、譯者的辛苦、音譯或意譯的不同，以及翻譯常見的錯誤。

　　最後附錄一份ＣＤ，一則靈異怪談，相當著名的英語廣播劇〈搭便車客〉。這是我向來提倡的「悅聽」──聽有聲書（audio book），從故事情境中學英文，讓過程充滿了樂趣，英文才能真正學好。

躺著學英文 2

學好英文，讓人生有了更多的選擇

　　追求夢想的過程中，我對未來有無限的憧憬與希冀，活得很帶勁。未料，曾幾度遭女生的排擠、打壓，而我又不會反擊，只心裡覺得難過。一個長輩點醒了我：「妳要同情她們，因為 They have nowhere to go!」

　　因為她們沒有別的地方可去！沒有別的路可走！沒有別的選擇！

　　在本書後記中寫到個人的英文成長路，自覺慶幸，雖然沒有任何成就，但學好英文，讓我的人生有了更多的選擇，讓我尋回自信，找到自己。

　　這一路走來，要感謝的貴人何其多，雖然其中大部分皆素未謀面：十三歲第一次投稿登上中央日報副刊；幫我出第一本書——九歌出版社蔡文甫；邀我開第一個專欄——中華日報羊憶玫；明道文藝社長陳憲仁；上海文藝出版社陳先法；北京作家出版社潘靜；國語日報主編林敏束、蘇國書；上海新民晚報；以及我所見過最積極行動派的本書主編饒仁琪、林文理……還有一路上照顧過我的許多人。

　　　　　　　　　成寒　　二○○二年最後一日　台北

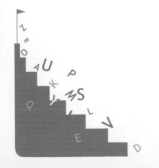

Chap.1 誰不會「凸槌」？

→ 英文，誰都怕出錯！

→ 可是，Why worry？

→ 有什麼好擔心的呢？

→ 有誰不會說錯了話，寫錯了字。

→ 連英國首相布萊爾、

→ 第一位登陸月球的太空人阿姆斯壯都會出錯，

→ 何況是你我呢！

》紅眼睛、綠眼睛

學了多年英文，許多人在說英文、寫英文的時候，難免會出現膽怯的情況，有時是緊張，而緊張的原因不外是擔心說錯了話，寫錯了字。

但是，Why worry？有什麼好擔心的呢？有誰不會說錯了話，寫錯了字。

我到美國上大學的第二個周末，一個男同學好心帶我練開車，整整練了半天，還帶我到當地「監理所」（DMV：Department of Motor Vehicles），教我如何看著那根柱子，把方向盤左轉幾圈、右轉幾圈，硬生生死背公式，把倒車入庫練了不下數十遍。第二天便匆匆忙忙跑去考駕照。

在美國，「汽車路考」（road test）是貨真價實在馬路上考，經由數位前輩的經驗傳授，我挑了九點半鐘應考，剛好避開上班族尖峰時刻。考的時候，開的是朋友借給我的車，主考官坐在我的右邊。一上路，我開始忐忑不安，半天的填鴨式訓練使我非常心虛，我很後悔自己為何如此心急，

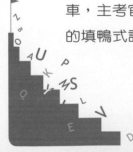

應該再多練幾天，練到技術紮實再來考也不遲。

為了緩和我的緊張情緒，好心的主考官試著和我說笑談天："To ethnic Chinese 'red eyes' means?"（中國人說的「眼紅」，代表什麼意思？）

他又說："Why not green eyes?"（為何不說「眼綠」？）

可我實在心跳得太急促，冷汗直冒。red eyes, green eyes，我一時會意不過來，只按著字面在心裡翻譯：紅眼睛、綠眼睛，誰知道那是什麼「東東」？難不成是台灣電視上常演的孤魂野鬼？我專心開車都還來不及呢！

待路考完畢，下了車，主考官在我的試卷上蓋章，告訴我通過了，可是又提醒我："You should practice more."（回去要再多多練習）。我感激得猛點頭，說"Yes, yes, I will."等他走遠了，我終於鬆了一口氣，這時英文能力又呼之即來。

我懂了。"Red eyes? That means jealousy."（眼紅，意思是嫉妒）。我想大聲告訴他，可是，已經太遲了。

》阿姆斯壯
說錯了一個字

一般人說錯或寫錯了英文，尤其是學生，知道你出糗的也許只有老師或同學，但有人說錯了一個字，卻是全世界的人都知道，那就是美國太空人阿姆斯壯（Neil A. Armstrong）。

* 阿姆斯壯是第一位登陸月球的太空人

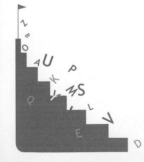

　　一九六九年七月二十日晚上十點五十六分（美國東部標準時間，E.S.T.），阿姆斯壯駕駛老鷹號登月小艇與艾德林（Edwin E. Aldrin）成功降落在月球表面「寧靜海」（The Sea of Tranquillity）。 這是人類首度登陸月球，阿姆斯壯在現場說出「事先在地球上準備好的」曠世名言：「這是我的一小步，人類的一大步！」（**"That's one small step for a man, one giant leap for mankind."**）

　　Whoops！在電視機前，全球多少億人的耳朵凝神傾聽下，這位老兄不知是否太興奮，昏了頭，竟然少說了那個「a」字，這句話居然變成「這是『人類』的一小步，『人類』的一大步！」

　　哎呀！真是※＆％＃？◎￥％＊＠

＊ 月球上的腳印

躺著學英文 ②

　　幸好，不管有沒有聽清楚，地球上的每一個人都知道他其實是要講什麼話。請讀者在電腦上打這個網址：http://www.chicago-law.net/speeches/moon.ram，便可聽到阿姆斯壯「凸槌」的聲音，證明我所言不虛。

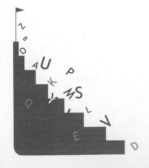

》英國首相 沒有「明天」

像我當年大一新生，初抵美國，那副瞠目結舌的窘態，而今回想仍覺尷尬不已。可是，說英文、寫英文，誰不會「凸槌」呢？你以為只有我們這些初學者嗎？

不久之前，英國首相布萊爾（Tony Blair）便出了個人笑話，堂堂牛津大學畢業的高材生，居然不會拼「tomorrow」（明天）這個字。

「tomorrow」是英國教育部要求學童在十二歲之前必須認得的六百個單字之一，大部分的中國學生在學英文一年以後都會拼這個字。

布萊爾在親筆致函工黨候選人的短簡中寫道：

"This is just a note to wish you luck toomorrow."（謹此祝你「明天」馬到成功！）

"Best of luck to you and, of course to Ipswich Town in toomorrow's big game."（順祝伊布斯伊治市足球隊「明天」在大賽〔指歐洲足協杯第三輪擊敗義大利國際米蘭隊〕中獲

躺著學英文 **2**

勝！）。

"I hope there are two good results for Ipswich toomor-row."（盼「明天」伊市雙獲佳音！）

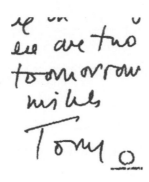

＊ 英國首相布萊爾的親手筆跡

布萊爾在這封短簡中，連續三個「明天」都寫成 toomorrow，多了一個「o」。

更糟糕的是，這封親筆函不是寄達對方，而是經由幕僚傳給媒體，以原文掃描的方式發表在報上，沒有經過編輯的校對，糗事立刻傳遍全英：

"The prime minister misspelled the word 'tomorrow' three times in a single letter."（首相在單單一封信上就拼錯了三個「明天」。）

　　一家英國報紙頭條也故意依樣畫葫蘆，將布萊爾的名字 Tony 拼成 Toony，還以電腦繪圖在他頭上戴一頂寫著「ㄇ」字的圓錐紙帽。因為從前英國學校懲罰成績差的學生，常叫他們戴這種高帽子亮相，"ㄇ stands for Dunce." （ㄇ代表笨蛋。）

　　媒體記者也採訪到布萊爾中學時期的老師，他對這位日後出人頭地的學生大加讚賞，說布萊爾腦袋一流，寫字也漂亮，但「三十年前」拼寫「tomorrow」時就老出問題（"He always had difficulty with the word 'tomorrow', even 30 years ago."），我糾正他這個錯誤，起碼有一千遍。

　　英國報紙稱布萊爾為「gaffe」（在眾人面前失言、失態），換成台語就叫做「凸槌」。

　　而反對黨也出來喊話：「依此看來，政府承諾的所謂終身學習，好像應該從最上層開始加強。」（"It looks as though the government's so-called commitment to life long learning needs reinforcing at the top".）

　　名人，尤其是英美高級知識分子，說錯了話、寫錯了字，早已司空見慣。美國前總統奎爾（Dan Quayle）搞不清楚「番茄」（tomato）怎麼拼，常常在字尾多加了一個「e」。

　　然而我們在訕笑之餘，更應該同情他們，因為你我都會

躺著學英文 **2**

犯同樣的錯誤──「明天」，這個可說是最普遍的英文單
字，其實也是陷阱最多的單字。今天布萊爾多拼了一個
「o」，明天你我可能多拼了一個「m」，或少了一個「r」
呢！

》對付英文 「凸槌」的妙方

英文，誰都怕出錯！

然而，在聽、說、寫英文之際，究竟要如何避免犯錯呢？

最保險的方法是，每寫完一篇文章，立刻找一個或甚至兩、三個英文高手幫你作「校對」（proofreading）。這個高手可以是你的老師，或花錢僱人，也可以到網上找，如雅虎「英語討論區」熱心的高手雲集，但有時也各說各的，搞不清到底誰才是真正的高手。

若一時找不到人幫忙，那也沒關係！

Word 的檢查功能

生活在 e 世紀，老實說，寫英文倒可不必擔心拼錯字的問題。布萊爾那篇短簡因為是以「手寫」（handwriting），如果當初他使用電腦「Word」一個個字打，那個可笑的錯誤即可完全避免。因為「Word」本身具有檢查拼字及基本文

躺著學英文 2

法的功能，一旦任何拼字有問題，那個字的底下就會自動出現「紅色虛線」，提醒你這個單字或文法很可疑，不妨再仔細檢查一下。

上網查句子

至於句子呢？除了問別人、請教別人之外，自力救濟的方法還是要靠網路——網路真是無「網」不利！

比方說，你不太確定「PR stands for Public Relations.」（ＰＲ代表公共關係）這句子的介系詞到底要用哪個字？stands for？ stands at？ 或 stands of？

這時候，你只要把幾個關鍵字，如「PR stands」，打在英語雅虎入口網站：**http://www.yahoo.com**（別的英語入口網站也可以，只是我沒試過）的「搜尋」格，點一下「Search」，一晃眼，有如拉吃角子老虎中了獎似的掉下一缸子的錢幣，嘩啦嘩啦嘩啦啦，搜索出幾十萬個相關詞彙，一定可以馬上找到想要的答案。Very easy!

還有人說，連英國大文豪莎士比亞（William Shakespeare）或美國諾貝爾獎得主海明威（Ernest Hemingway）都可能拼錯了自己的名字。我自己招認，常把「Ernest」掉了一個「r」；或「Shakespeare」，少寫一兩個「e」。

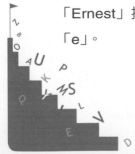

　　所以聽說寫英文，不要怕出錯，有錯就要改。唯有把英文當成終身不斷學習的目標，一如中文，經常練習閱讀、寫作、談話，不斷努力，才能讓程度越來越好。

事前準備完善

　　在美國上大學時，幾乎每一門課都有「口頭報告」（oral presentation），像我天性內向害羞，從來就不伶牙俐嘴，想當然爾，說英文自然賽不過老美同學。但我特別注重事前「準備完善」（well-prepared），報告的內容和噱頭多過於口才。

　　有一堂課，教授要我們自擬主題，我打算講關於中國文化，於是趕緊求救於兩岸中國同學會，徵求所有象徵中國文化的道具。結果我在課堂上表演了剪紙，放小提琴家俞麗拿演奏的《梁祝協奏曲》，還現場跳了一段《苗女弄杯》和筷子舞。好險！沒把筷子亂飛、酒杯碎了一地，卻令我的教授和一班子同學看得眼花撩亂，哪顧得了我的英語說得如何，文法有沒弄錯。那堂課，我當然拿了個Ａ＋！

　　回過頭來，收到英國首相三個錯字短簡的那個候選人，因為這次「凸槌」事件，引起媒體注目而大量曝光，等於打了免費廣告，高興都還來不及呢！更何況，首相即使寫錯了字，每個字卻是情真意摯，收信人怎能不感動？

躺著學英文 ②

》網際網路 可以當字典

英語和其他語言一樣，隨時在變化，不斷有新的字彙、新的用語出現，而坊間賣的字典永遠追不上語言發展的進度。英文程度再好，有時難免也會碰到一些新的字眼，從來沒見過，怎麼猜也猜不出到底是啥意思。

比方說，有個字「noob」或寫成「n00b」，這到底是什麼字呢？目前，字典上查不出這個字。

但請先別慌，你知道嗎？網際網路（Internet）也可以當字典。

只要上英文網主頁，搜尋「noob stands for」，就可以得到答案。Stands for 意思是「代表」。所以，搜尋的結果是「noob stands for newbie.」，然後再查中文網主頁「newbie」，便可得出結果「新手」。

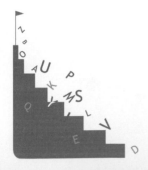

•Key words •

noob	新手
newbie	新手
search	搜尋
stands for	代表
internet	網際網路

躺著學英文 2

英文勵志書不過是一帖安慰劑

→ 學不好英文，有千百種理由。

→ 有許多讀者寫信問我，到底怎麼樣才能讓英文更好。

→ 我說答案只有一個：「繼續學習，徹底學習。」

》不是唸不好
而是跟不上

十年前，友人從高雄工專畢業，工作數年後再考入工業技術學院（今天的台灣科技大學），一入學，他告訴我，每個新生都必須參加英文能力分班測驗，視個人程度而編班。因為技術學院的學生來自五專、三專、二專，而之前唸的可能是高職或高工，非一般高中，每個學生的英文程度參差不齊，更別提用過的教材也不一。在能力分班的辦法下，英文程度佳的同學只要修幾個學分就夠了，程度差的，則從頭學起，基礎打得紮實，就不會有挫折感，或乾脆放棄的情形。

我個人的經驗則更悲慘，從小學一路上來幾乎都拿第一名的女生，從國二開始，英文和數學這兩個科目，再也跟不上。

我要強調，其他科目我經常考滿分，或幾近滿分。但每次拿起英文或數學課本，我總是從第一頁唸起，而期中考已經考到最後一頁，我永遠都跟不上學校的進度。有好長一段

期間，我完全放棄自己，數學測驗永遠繳白卷，老師只要看到我的名字，就打零鴨蛋。

至於英文呢？因為有選擇題，起碼可以亂猜。

後來因為刺激過度，痛下決心自學英文，而且是從最簡單的音標，一點一滴學起，最後考過托福，到美國上大學。一個已經完全放棄自己的女生，總算有了轉機。

人家說，美國教育自由，我的看法是不盡然。在美國上大學，不好好唸，學校照樣把你踢出去。雖然我的英文很有把握，但沒想到在美國大學修文科，照樣要修幾門大學代數（大概相當於台灣的高一或國三數學）。心想，我那破數學這下可完了。幸好學校規定，每個大一學生必須參加數學和英文「能力分班測驗」（Placement Test），什麼程度就上什麼班。沒想到，一考下來，有的老美同學的英文程度居然比我還差，必須補修幾門英文才能正式修大一英文。

至於數學，奇妙的是，到了美國，以英文來學數學，而且就從我當年跟不上的地方開始學起，我竟然唸得順順利利，毫無挫折感。

終於明白，許多孩子的情況可能和我當年相似──不是唸不好，而是跟不上。

有人擔心，能力分班會造成同學之間的「階級意識」問題，好像又是另一種「英數放牛班」。可是，如果不分班，

躺著學英文 ❷

每次考試成績總在班上敬陪末座，一如我當年，自尊心也一樣受損。還不如跟一群程度與自己平等的同學較量，比較有成就感。

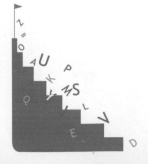

》誰說一定要出國？

學不好英文，其中一個迷思：生活在台灣，沒有環境可以學好英文。

然而，學英文，一定要出國嗎？

《躺著學英文》第一集出版後，有位二十來歲的男生告訴我，當年他從台灣高中畢業，在一所托福補習班硬是生吞活剝，把分數勉強考過五百——一般美國大學的入學門檻。然後，他拎起行囊前往美國加州唸了四年大學，拿到學士學位，花掉家裡五百萬台幣。

我心想，別的專業有沒有學到先不說，花了五百萬，若能夠換得英文聽、讀、說、寫流利，倒也值得。

可他卻無奈地透露，雖然在美國唸了四年書，多認識了幾個英文單字，但他英文說不到幾句，閱讀能力不佳，寫的方面更沒信心。

我有點不敢置信，這怎麼可能？依我自身的經驗，美國大學重視課堂「參與」（participation），每次上課，學生個

躺著學英文**2**

個搶著發言。多說多加分，少說少加分，不說要扣分。我原是個害羞的女生，在台灣上課時從沒舉過手，唸美國大學，為了求生存，不得不練就一股「膽識」（guts），和老美同學搶著發表意見。

美國教授有一點和台灣很不一樣。倘若學生說得有理，辯得倒他，教授不會惱羞成怒，反而會給該生加分數。

這位讀者說，他在加州唸的那所大學裡多的是亞裔學生，平常來往都用自己的家鄉話。每次上課討論，大家總是推英文好的那幾位負責發言，其他的就縮頭縮腦，唯恐老師點到他的名。英文報告找人代筆，原文書隨便翻翻，連當地的超級市場都是中國人開的。

英文不夠靈光，老美沒耐心聽他說話，而且彼此沒有共同話題。所以他與老美同住一年，幾乎說不上幾句話。

不過，想想也不覺得奇怪。許多老外來台教英文，好幾年下來，一樣不太會講中文。

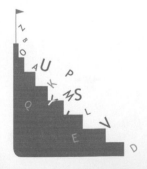

》家裡也是
學英文的好地方

回台灣好些年了，有陣子在本土公司上班，天天用不到英文。有一天忽然意識到，口語能力好像退化了，說起英語有點結結巴巴──虧我在美國讀了那麼多年書，不知該怎麼辦？

繼而想到，很少看電視的我也許要改變一下生活習慣。我馬上申請第四台，每晚利用打電腦或整理資料的同時，順便打開電視「聽」電影，偶爾抬起頭來看一眼螢幕。

同一部電影，我總是「聽」了一遍又一遍，如《不可能的任務》、《天羅地網》、《新娘百分百》、《電子情書》，有些對白，聽久了就能脫口而出。唯有重複，方能收到學習的效果。

大聲說英語

大陸有個英語名師李陽，以前沒出過國，大學一畢業就開始提倡「瘋狂英語」。他教英語的方法真的有點瘋狂，把

躺著學英文②

學員關到類似集中營裡，天天訓練大聲說，好像群眾喊口號，名氣響遍全中國。他的道理其實很簡單，就是張開嘴巴「大聲說」英文。

在家裡看電影，我也經常裝瘋賣傻，一聽到精采的句子，我就大聲說出來，說了好幾遍，說到深深印到腦子裡為止。一旦要用時，隨時可以掏出來。比方說：

"Do I make myself clear?"（你聽清楚了沒？）

"Crystal!"（一清二楚！）

像這樣簡單的句子，如果按傳統的推敲文法，以中文思考的學習方式，是不可能說得出口：「crystal」不就是水晶？

聽久了，講得自然溜

學英文，一定要經常聽，聽久了，講得就自然溜。從電影中可以學到好多有意思、漂亮的句子：

"You hitchcock me. I'll spielberg back."

這句話，按表面上的字義看：「你『希區考克』我，我就『史匹柏』回去。」

可是，學英語本來就不該按本宣科，每一句話都必須顧及其文化背景，話中另有弦外之音。

希區考克和史蒂芬‧史匹柏兩人都是電影史上最出色的

導演，導的片子既叫好又叫座。把他們兩人拿來當「動詞」使用時，可以翻譯為：「你怎麼耍我，我就怎麼耍你」或「爾虞我詐」。

＊　　＊　　＊　　＊　　＊

有回，聽到電視影集中的一句話，始終銘記在心：

"You and I make each other possible."（你我造就彼此。）

＊　　＊　　＊　　＊　　＊

天天在家「聽」電影，聽了一個月後，我覺得自己的口語英文又回到美國時期一樣的滑溜，只等著隨時出招。有回人家問我，妳每天都在做些什麼？我回答他：「讀書、寫字。」然後又脫口而出：

"This is what I do. I do this everyday."

這句話出自《英倫情人》（The English Patient），那個專拆地雷的印度小伙子對荣莉葉畢諾許說的。

從不同的情境中去發現生字的用法

以前在台灣，雖然托福聽力考了滿分，但我幾乎沒說過英文，也沒上過英語會話課。誰知一上了飛機，旁邊坐了個老外，在不知不覺間，我一開口，英語就那樣自然而然溜出

躺著學英文 ❷

了嘴邊，I can't believe it！

　　說實話，住在台灣，很少人請得起二十四小時的英文老師，也很少有機會天天說英文。若要怪環境，還不如先檢討自己吧！洪蘭在她翻譯《詞的學問》（*The Science of Words*）一書中提到：「增加詞彙唯一的方法是大量閱讀，讓孩子在各種不同的文章情境中去發現生字的用法，才不會發生錯用生字或錯用成語的現象……因此，廣泛的閱讀非常重要。」這一點，在家裡便可做到。

＊　　＊　　＊　　＊　　＊

Have fun!

Have a good time!

　　上列句子皆是「玩得愉快」，但我看過有人把「a」放到上一句。如果多聽、多讀，這種錯根本不會發生。

失戀，先學英語吧！

　　失戀，先別哭！失業，先別怨嘆！快快收拾心情，去學英語吧！

　　二○○○年諾貝爾獎文學獎得主鈞特・葛拉斯（Günter Grass）提到，有一年訪問中國大陸，對「隨行翻譯」（escort interpreter）相當佩服，這人沒去過德國，在文革時期也沒機

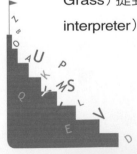

會上學，更別提上補習班或找家教。他完全以土法煉鋼，自己偷偷躲起來Ｋ德文，Ｋ到後來居然成為最優秀的譯者。

　　學英文，你就是自己的老師，而家裡也是學英文的好地方。

躺著學英文 ②

》學英文， 首重「自律」

學英文，和做其他任何事一樣，最重要的是「自律」。

英文是一種技能（skill），學而時習之。別以為學了兩年，以後就可以不用再學，這是錯誤的想法。

有一年，淡江大學英文系畢業生第一名是個盲生。為何明眼人拼不過一個眼睛看不見的？我想最主要的是，不似中文以「形」和「象」為主，英文是語音系統，所以盲生可以靠「聽」便能學好。他的弱點反而成了優勢。

可是，連盲生都可以拿一名，可見他是多麼努力。

晝思夜念，只為一個目標

幾年前到北京大學，一早醒來，未名湖畔已有學生大聲朗讀英文，有的甚至聲如洪鐘，旁若無人。可見想成就一件事，就要有「晝思夜念，只為一個目標」的心境。

*　　*　　*　　*　　*

　　前加州柏克萊大學校長田長霖剛到該校執教時，由於口音太重，學生抱怨聽不懂他的英文，不願上他的課。為了改進這項缺點，田長霖將自己上課的聲音錄下，回去一遍遍地聽，不斷修正發音，終於成為受歡迎的老師。

靠教育、靠個人努力翻身

　　很多人的成功都不是平白揀來的，尤其窮人家的孩子，沒有家世背景，只能靠教育、靠個人努力翻身。我的許多朋友皆是如此。當年苦讀的景況，恍如昨日。人生有許多選擇，寧可「辛苦一陣子換來輕鬆一輩子」，也不要「輕鬆一陣子換來辛苦一輩子」。

　　有個朋友在新竹科學園區一家公司擔仟高階主管，正和我一起合作寫書。他每寫完一篇，就 e 給我看。這陣子，公司辦了好幾攤尾牙，他甚至從新竹趕到台南，吃飽喝足，想必也喝了酒，當夜趕回新竹的家睡覺。第二天一早四點多，我又收到他 e 來的文章。

　　這些年來，除了英文，他又自學日文，利用周末假日幫《牛頓雜誌》翻譯科學文章，可想而知，貪的不是稿費而是拼命想學習，那種活到老、學到老的精神，實令我敬佩。

躺著學英文 ❷

學英文，長痛不如短痛

學英文，長痛不如短痛。

與其要學不學，拖拖拉拉一輩子，還不如一口氣咬緊牙，唸到起碼可用的程度。

中國交響樂團的指揮李心草，一九九七年進入維也納音樂院求學前，未諳德文。原本他要先唸一年的語言學校，但李心草強迫自己每天背誦三百個單字，三個月後便能說一口流利的德語，使教授大吃一驚，提前讓他入學。

近年來，坊間多的是英文學習書，過來人告訴你英文如何學，如何從零到滿分，如何反敗為勝。我發現，許多有心的讀者至少買了五本回家去。這些書對你來說，也許有效，也許一無所用。劉黎兒的文章寫道：「大部分的英語補習班都是在賺沒恆心女人的錢。」

因為一個人如果沒有紀律，不能自動自發學習，一定要人用鞭子打才肯用功的話，再多的英文勵志書，不過是一帖安慰劑罷了。

》才氣、力氣、運氣

一個人要成功，力氣（energy）、才氣（gift, talent）和運氣（luck），這三氣缺一不可。

三國時代，曹植七步成詩：「煮豆燃豆萁，豆在釜中泣。本是同根生，相煎何太急。」這是才氣，也就是英文的「禮物」，天上掉下來，求也求不來。然而，真正有才氣的人畢竟不多，而且很容易就會江郎才盡。

至於力氣，李白的鐵杵磨成繡花針，蘇秦的懸樑刺股，匡衡的鑿壁偷光，也都是憑力氣。而蘇東坡幸虧貶在湖北黃州，才有流傳千古的前後《赤壁賦》問世；王勃若是沒趕上千載難逢的滕王閣盛會，也很難有展露才華的機會，這就是運氣。

村上春樹最近接受訪問，談到撰寫新作《海邊的卡夫卡》。他說：「《海邊的卡夫卡》寫了半年，在這半年中我一天都沒有休假，每天早上四點起床，寫到早上九點，每天一定寫滿五個小時，寫滿十張四百字的稿紙才停筆。每天過同

躺著學英文 ❷

樣的日子，全神貫注六個月才寫完。這樣的工作很磨人。」有些人以為小說家生活浪漫，喝喝酒、玩一玩就能變出小說，村上春樹完全不認同。

寫《圍城》的民國才子錢鍾書，博聞強記，才華過人，其實他的成功也多半是靠力氣。當年考進清華園，他的目標是「橫掃清華圖書館」，拼的是時間和力氣。當然，他的運氣也不錯，考大學時，數學零鴨蛋，卻因英文和國文成績特佳，獲破格錄取，不然他往後的路還不知怎麼走呢。

以《阿Ｑ正傳》成名的魯迅也說：「哪有什麼天才，我不過是把別人喝咖啡的時間都用上了。」有才氣的人寫文章叫文思泉湧，魯迅卻說：「我的文章不是湧出來的，而是擠出來的。」

才氣，永遠不會太多；運氣則可遇而不可求；唯有力氣，可以靠自己。我學仰泳學了好多年，從國中學到大學，從台灣學到美國，每次一換氣就沉下去。直到有一天，沒多想，放輕鬆，往後一仰，竟然漂浮起來。凡事到了「臨界點」，一下就通了，我想學英文也是如此。

一個人如果才氣、運氣、力氣俱全，那簡直是天上掉下來，不想成功都不行。但一般人多半只有力氣，只要持之以恆，才氣和運氣可以慢慢培養出來。

看看別人，想想自己吧！

》從英文零起點
到哈佛之路

　　這篇文章原登在我的「留言版」，寫給一位打算到美國唸 LLM 的讀者：

　　唸法律的朋友裡頭，有人出身美國 Top School（頂尖大學），也有人只是一般學校，回台後，如今已是一家科技公司的法務處長。

　　而我這位哈佛出身的律師朋友，曾經幫我拍《推開文學家的門》封面，也是那篇〈神之滴──梭羅的小木屋〉的主角。在《林徽音與梁思成》一書，他曾趕六月大熱天，偕朋友幫我拍攝北京古城牆。

　　朋友唸書的過程頗為曲折，在北大已唸到博士班，剛好得個機會到馬里蘭大學當訪問學者（visiting scholar），混了兩年又轉到哈佛，一樣也是訪問學者，然後才申請到哈佛 LLM。

　　如你所知，哈佛 LLM 是供已擁有 law degree（法學位）

躺著學英文 ❷

的人唸的，而他北大的幾個同學早已經在哈佛唸 J.D.（法律博士，一般唸三年）或 J.S.D.（法學博士，一般唸五至八年），他來得實在有點晚了。

原因是他在大學主修俄文（以前在大陸，外語可任選英文或俄文，不過現在選俄文的人越來越少），英文一竅不通，到美國時從頭學起。

你能想像嗎？

二十幾歲從頭學英文，然後唸哈佛，而且又是唸英文字斟句酌的法律，他應該寫一本《從英文零起點到哈佛法學院之路》。

九個月苦讀後，哈佛分派他到芝加哥一家世界規模數一數二的律師事務所 Baker & Mekenzie 實習四個月，每月領實習費四千美金。實習完畢，事務所把他留下。

我認識他很久了，看著他在學校打工、派發宿舍信件，每小時薪水五塊半美金；或在哈佛各棟樓裡當守夜警衛（每小時七塊美金），而他這輩子第二次上美國餐館，還是我陪他去的。

可他一直維持著自在、自信，待人處事沉穩而有禮。

我也碰過他的同學因為前途不明，人很焦躁、憤世嫉俗，好像全世界的人都對不起他。但我這位朋友真能熬、能忍、能堅持，按著人生計畫一步步走，終於在三十多歲拿到

哈佛學位，如今是商務律師（corporate lawyer）。而我不得不承認，平日處理慣了法律業務（legal transaction），現在他寫的英文比我還精確。

　　告訴你這些人那些人的故事，只是想讓你知道，許多人都不是一帆風順的，可是他們都能堅持到底，努力到最後一刻，憑的是「determination」（決心），最後終能豐收。

　　我在想，讀者大部分都很年輕，有無窮的潛力，而未來的路還很長。好好為自己作計畫吧！

　　不管以前如何，今後怎麼走，就看你自己囉！

躺著學英文**2**

Chap.3

漫遊英文奇境

一如小孩開始學說話的過程，
從語音的辨讀能力開始，
一步步逐漸進入「讀」、「說」、「寫」，
然後就進入英文的奇幻境界，
English is so much fun!

》 作威作福的鸚鵡
Parrot with an Attitude

A young man named John received a parrot as a gift. The parrot had a bad attitude and an even worse vocabulary. Every word out of this bird's mouth was rude, obnoxious and laced with profanity.

John tried and tried to change the bird's attitude by constantly saying polite words, playing soft music, and anything he could think of to set a good example. Nothing worked.

Finally, John got **fed up** and he yelled at the parrot. And, the bird yelled back. John shook the parrot, and the bird got angrier and ruder. Finally, in a moment of desperation, John put the bird in the refrigerator **freezer**.

For a few minutes, John heard the bird **squawk** and kick and scream... then suddenly there was quiet. Not a **peep** for over a minute.

Fearing that he'd hurt the bird, John quickly opened the door to the freezer. The parrot calmly stepped out onto John's **outstretched** arm and said, "I believe I may have offended you with my rude language and actions. I am truly sorry, and I will do everything to correct my poor behavior."

John was astonished at the bird's change of attitude. As he was about to ask the parrot what had made such a dramatic change in his behavior, the bird continued,

"May I ask what the chicken did?"

躺著學英文 **2**

• Key words •

obnoxious	(adj.) 討厭的、令人反感的
profanity	(n.) 穢言穢語
lace with	夾雜著
set a good example	作好榜樣
fed up	受夠了
freezer	(n.) 冷凍庫
squawk	(v.) 嘎嘎叫
peep	(n.) 啾啾聲
outstretched	(adj.) 伸出的

【全文翻譯】

　　一個叫約翰的年輕小伙子收到一隻鸚鵡做為他的生日禮物。這隻鸚鵡口氣不好，甚至還會說粗話。每個字經由這隻鳥的口出來都是粗魯的、令人討厭的，而且髒話連連。

　　約翰經常說一些有禮貌的話、放一些輕音樂，以及任何他想得到的好榜樣來改變這隻鳥的態度。但這些對牠卻起不了作用。

　　最後，約翰受夠了，他對著那隻鸚鵡咆哮，鸚鵡也同樣對著約翰咆哮回去。約翰於是抓著鸚鵡用力甩，這時鸚鵡變得更加生氣且更加無禮。終於，約翰氣得把那隻鳥丟進冰箱的冷凍庫裡頭。

　　過了幾分鐘，約翰聽到了那隻鳥嘎嘎哀啼、踢東西和尖叫的聲音……然後，突然間一切恢復了平靜。過了一分鐘，依然沒聽見那隻鳥惱人的叫聲。

　　因擔心傷了那隻鳥，約翰馬上打開冷凍庫的門。那隻鸚鵡安靜地踏出來，走到他伸出的手臂上，並對他說：「我想我可能因粗魯的言行而冒犯了你。我感到很抱歉，我會盡力改正我那粗劣的行為。」

　　約翰對這隻鳥態度的轉變感到震驚。當他正想問那隻鸚鵡為何有如此激烈的轉變時，那隻鳥繼續說：

　　「我可以問一下，那隻雞犯了什麼錯？」

【文化差異】

　　這一則笑話，本來登在網站「留言版」上徵求讀者翻譯，譯者 Mike 全篇譯得很好，只錯了最後一句。他的譯文：

　　「請問一下剛才到底是哪隻雞做的？」（錯誤的譯法）

　　當鸚鵡被關進冷凍庫裡，看到裡頭躺了一隻動也不動的

躺著學英文 **2**

冷凍雞,嚇得花容失色。牠心想:我如果再胡鬧下去,下場大概也是如此!所以牠問: "May I ask what the chicken did?"

　　譯者所以會弄錯最後一句的意思,一方面是英文理解力不夠,另一方面可能是中西文化差異的問題。他無從想到,冷凍庫裡放的雞是「冷凍雞」。因為在台灣大家都買慣了活雞或處理過的甘蔗雞、土窯雞、蒜頭雞,或滷雞腿……,而在美國,一般人都到超市買冷藏雞,買回家常丟到冷凍庫裡,等過些天再拿出來解凍烹調。

　　其實,學英文就是在學文化,而不只是表面上的字句而已。

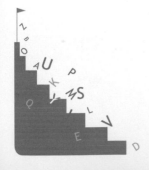

》 跟著感覺走

請跟著感覺走,不要跟著文法走。

許多人學英文,把重心放在文法,以至於開口說話時,腦子裡拼命在堆砌主詞、受詞、動詞、形容詞……好不容易拼湊好,從口中說出,便結結巴巴,一點也不自然。

我很喜歡讀英文,但不耐煩鑽研文法。

依我親身的經驗,只要聽得多,讀得多,說得多,寫得多,慢慢就會摸懂文法。這時再來看文法書,馬上能夠理解,且容易記住。

一回,在老美同學家看相簿,照片裡有個漂亮的女生,問他是誰?

他竟沒好氣地回答:"Some girl!"(某個女孩。)

那語氣讓我敏感意識到,又是一個傷心的故事。

語言的直覺

仔細看這句話,很多人會以為是拼錯了,因為既然是

躺著學英文 **2**

「some」（多數），那麼「girl」應該加「s」才對，可是不然。美國人向來如此說，至於為什麼這樣，我真的說不出所以然。這就是習慣用法，也就是所謂的「直覺」。

又如「crowds」（群眾）及「crowded」（擁擠的），文法上解釋得很清楚。可是，我見過譯者把這兩字搞錯。他說：「一時想不起文法來了。」如果不那麼強調文法，多唸多讀，自然而然會「感覺」出字的味道來，而不會出錯。

英文沒有百分百答案

文法是死的，語言是活的。

事實上，有的人不會解釋文法，卻能寫出流暢的英文；有的人談起文法頭頭是道，但寫的英文並不怎麼樣。

英語是語言，天天講，天天讀，習慣成自然。

我承認，在說或寫英文時，有時難免會犯文法上的錯誤，或發音也不一定很標準。不過，我碰到的英美紐澳人士都可以聽出我的用意。更何況，英文不像數學，沒有所謂百分百的答案。

我從不強記文法，說英文完全憑感覺，寫英文，我也是同樣的方法，頂多查一下生字怎麼拼法。

如果我用錯了字，馬上就會察覺，那種敏感度是在日積月累與英文接觸，不知不覺培養出來的。雖然沒有刻意和它

打交道，但文法漸漸和我成了至交。

　　有時候人家問我，為什麼這個字如此用法，我會當場愣在那兒，不知道該做何解釋。我只知道，除了這個用法，別的都會覺得怪怪的。那是一種「語言本能」（language instinct），說不上來的。

　　如果以中文來說明：「明天來看我？」（詢問語氣）

　　「明天來見我！」（命令語氣）

　　些微之差，感覺就是不一樣。

躺著學英文 2

》背後偷窺者

shoulder surfer

在美國打公用電話，一般人都會買一張「預付電話卡」（phone card），方便又廉宜。每張電話卡上有不同的「密碼」（pin number），只要撥了這個密碼，不必投幣，電話便能自動接通。卡有一定額，用完就無效。

還有一種「用戶電話卡」（calling card），屬長期性的，只要記住號碼，可以不投幣使用公用電話（或在別人家裡也可打），電話公司會在下個月寄發帳單到用戶家裡。我的老美同學的父母給他一個密碼，讓他可以走到哪，就打電話回家，自己不必付電話費。

在公共場所如機場、飯店大廳或娛樂場所打公用電話時，可要小心。有一群「背後偷窺者」（shoulder surfer）正在附近徘徊。他們從你背後瞄一眼，或是拿望遠鏡從遠處偷窺，便記住你撥的電話卡密碼。偷到密碼後，他們賣給黑市集團，不肖份子就利用你的帳戶打免費國內或國際電話。

大部分的電話卡持有人在事發時，往往沒發現自己已成

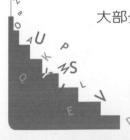

了受害者，直到鉅額帳單寄到家裡才嚇了一跳。

　　如果有人在你背後偷看你打電腦的「密碼」（password），這種動作也可稱之「背後偷窺」（shoulder surfing）。

　　所以，下次在美國使用電話卡時，一定要記住，不要大聲唸出密碼，而且要用身子遮住撥號的動作，以防背後有人偷窺。

●Key words●

shoulder surfer	背後偷窺者
shoulder surfing	背後偷窺（的動作）
phone card	預付電話卡
calling card	用戶電話卡
pin number	電話卡密碼
password	密碼

躺著學英文②

》天文數字
gajillion

數字（number），從小數點以下到個位數、十位數、百位數、千、萬、十萬、百萬、千萬……到底要數到什麼時候，才能數得完？

有人幫忙，我們向對方說：「非常感謝您！」（Thank you so much！）

換個說法：

「一百萬個感謝！」（Thanks a million!）

「十億個謝謝！」（Thanks a billion!）

或者，乾脆謝到底：「感激不盡！」（Thanks a gajillion!）

Gajillion 是個非常大的數字（Gajillion is a very big number.），比百萬的百萬的百萬還要大，也就是天文數字。如果要誇張一點：「我今天收到數不清的郵件。」（I've got a gajillion mails today.）

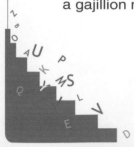

• Key words •

gajillion	天文數字、數不清的
million	百萬
billion	十億
number	數字

躺著學英文 ❷

》十五分鐘
fifteen minutes

時鐘滴答滴答響，一分鐘、十分鐘、半小時，除了表面上的意義，有時候，時間是不可數的。

比方說，十五分鐘，另有弦外之音，在英語裡表示「出名」、「出風頭」。

電影《ＤＮＡ秘密客》（*Mimic*），男女主角坐在家裡，看著自己在電視上接受訪問的鏡頭。短短幾秒鐘後，鏡頭立刻轉向他人。男主角不由得嘆道：「我們的風頭出完了！」（Our 15 minutes were gone.）

這句話出自普普派藝術家安迪‧沃荷（**Andy Warhol**）：「未來，每個人都有機會成名十五分鐘。」（**In the future everybody will be world famous for about 15 minutes.**）至於每個人如何把握自己的十五分鐘，就各憑本事了。

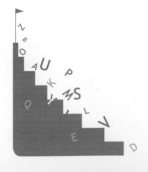

• Key words •

fifteen minutes	出名、出風頭（十五分鐘）
famous	有名的
in the future	未來

》哈日族、哈韓族

Japanese maniac,
Korean maniac

有時候，當你迷上一種東西、一個現象，常常想著它，或是拼命想擁有它，這種「迷」稱作「maniac」。

「迷」這個字，在英文裡可以引伸為各種用法："**I am a moviemaniac.**"（我是個電影迷），或「汽車迷」（**carmaniac**）及「電玩迷」（**gamemaniac**）。

當然，如果你著迷於日劇、韓劇，特別喜歡劇中人物，熱中當地的文物風情，你就是「哈日族」（Japanese maniac）、「哈韓族」（Korean maniac）。

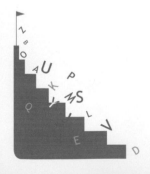

•Key words •

maniac	(n.) 迷
Japanese maniac	哈日族
Korean maniac	哈韓族
gamemaniac	電玩迷
moviemaniac	電影迷

躺著學英文 **2**

》英文複姓

有一回，我查閱英文百科全書，有關《蝴蝶夢》（*Rebecca*）的作者，可是查來查去，就是找不到。

原來，作者黛芬妮・杜茉莉兒（Daphne du Maurier）的姓 du Maurier 是複姓，由兩個字或三個字複合而成的姓。

外國人的複姓，正如中國姓名裡的「司馬」、「歐陽」、「上官」、「諸葛」等。

翻譯的時候，如果列出全名，倒不成問題。但多半時候，我們只譯出某某先生或某某女士。這時候，假設漏掉了複姓的前一個字，就不妥當。

對許多讀者來說，最有名的複姓當屬《福爾摩斯探案》作者，國人一開始就譯「柯南道爾」（Arthur Conan Doyle），而沒有譯成「道爾」。他的名字則是「亞瑟」。

一個西班牙來的女同學，她的姓有兩個，前面掛的是父親的姓，後面則是母親的。平常可以只稱父姓，但不能單用

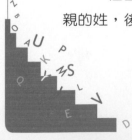

母姓。不過，她通常是兩個一起用，以示平等。

　　另一位曾著迷馬克思主義的美國作家「多斯・帕索斯」（John Dos Passos），也是複姓。

　　我們在稱呼中國人時，不會只喊對方：「司先生」、「歐女士」、「上小姐」、「諸伯伯」，所以在翻譯人名時，最好把姓氏弄清楚。

躺著學英文**2**

》 棒棒糖

tootsie pop

我剛到美國唸書，下課的時候，有個老美女同學問我要不要來一片「lifesaver」，我一時摸不著頭腦，什麼救生圈？

等她遞過來一看，原來是一種薄薄的、小小的，形狀像救生圈的糖果。

又一回，朋友打電話來問道，什麼是「tootsie pop」？

真是考倒我了！我立刻翻遍了百科全書、梁實秋英漢辭典、韋氏英英大辭典，結果只找到「tootsie」是「腳」之意。於是我們倆討論，究竟是男人、女人或小孩的腳？到後來，只覺得滿頭霧水。

最後是上網搜尋：「tootsie pop」是一種褐色棒棒糖，如大葡萄或李子般大小，下端插入一根像麥芽糖的棒子。

我把這個答案告訴朋友。沒想到隔了幾天，竟收到他寄來的小包裹，裡面什麼都沒有，只有一支棒棒糖。朋友在台北一家商店買到的，包裝紙上面印著：tootsie pop。

　　我心裡想，連有多少種糖果都弄不清，英文真是學不完呢！

＊ 棒棒糖

躺著學英文❷

》英式 vs. 美式
American English vs. British English

在倫敦逗留的那段期間，我住在公寓四樓，每天乘電梯上上下下，剛開始，倒也沒感覺到英國和美國有什麼不同。

直到有一天，電梯突然故障，只好由樓梯拾級而上，好不容易走到四樓，心想，終於可以卸下身上的背包了。

誰知走到門口，用鑰匙開門，卻怎麼也打不開。待仔細一瞧，原來這不是我的房間，而且我只爬到三樓而已，還要再往上爬一層呢。

可是，剛剛數得很清楚，明明是四樓，怎麼會弄錯呢？

於是我再走下樓，一層一層數著走上來，這才發覺，原來我一直是住在五樓。

在用法上，「美式英文」（American English）和「英式英文」（British English）有所差別。英國人把我們的一樓稱為「地面樓」（ground floor），而英國的「一樓」（first

floor）其實是我們的二樓；美國說法與台灣相同，只有新英格蘭（New England）一帶例外，沿用的是英式說法。

　　我實際上是住在五樓，可是英國人都說是四樓。

　　在聽讀或翻譯英文時，為避免弄錯起見，我們要先搞清楚其「背景」（background），同樣的一個字，其意義在英、美兩國往往有差別。學英文，遲早都會注意到兩者之間的差異，但如何去分辨呢？

　　其實，美國人和英國人之間，溝通根本不成問題。「租車」，美國人說「rent a car」，我的澳洲室友卻沿用英式「hire a car」。香港的房屋出租廣告「To let」，美國則是「For rent」。

　　不過別太緊張，只要平常多留意，自然能分辨英式與美式英語的差別。參考網站：http://www.effingpot.com

躺著學英文 **2**

•英式 VS. 美式 •

	英式英文	美式英文
電器	white goods	appliances
一樓	ground floor	first floor
卡車	lorry	truck
公寓	flat	apartment
閣樓	loft	attic
藥房	chemist	pharmacy
汽油	petrol	gas
垃圾桶	bin	trash can
履歷表	CV	resume
奶嘴	dummy	pacifier
句點	full stop	period
吸塵器	hoover	vacuum cleaner
電梯	lift	elevator
餐巾	serviette	napkin

》 E. T.的眼睛
E.T.'s Eyes

Why are E.T.'s eyes so big?
Because he saw the phone bill.

＊ E. T.

【譯文】

為何 E. T. 的眼睛那麼大？

因為他看到電話帳單。（譯者：Mike Lee）

【解說】

大眾文化（popular culture）對語言影響極大，一個完

全不看電視電影，也很少接觸雜誌報紙的人，學習語言有如閉門造車，進步有限，語言能力也會落伍。若不經常吸收新文化，與人交談，往往找不出共通的話題，英語再好也講不下去。話不投機，三句都嫌太多！

已故亞利桑那州選出的參議員高華德（Barry Goldwater），他生前與台灣的關係十分友好，據說台灣政府曾經捐助五百萬美金，在我的母校——亞利桑那州立大學蓋了一座高華德大樓。可是就因為這層關係，高華德的名字以前在大陸隻字未提。有一天從那座樓前走過，我的大陸同學抬起頭來說：「妳瞧，『金水』，這棟樓取的名字『忒逗』！難道是因沙漠缺水，用金子形容比較貴！」

在《外星人》（*E.T.*）這部電影中，E.T.流落地球，一心想打電話回家，所以一再地說：〝E.T. phone home.〞可是又因外星球距離地球太遠，想必電話費也很貴吧，怪不得他一看到帳單，眼睛睜得那麼大。

如果沒有看過史蒂芬·史匹柏導的這部片子，一聽到別人說這個笑話，想必你的眼睛也會睜得大大的，一副不知所云的表情。

》 兔子
The Rabbit

Aman was driving down the **highway**, and he saw a rabbit hopping across the road. He **swerved** to avoid hitting the rabbit, but unfortunately the rabbit jumped in front of the car and was **hit**.

The driver, being a sensitive man as well as an animal lover, **pulled over** to the side of the road, and got out to see what had become of the rabbit. Much to his **dismay**, it was dead. The driver felt so awful, he began to cry.

* 噴霧髮水

躺著學英文 **2**

A woman driving down the same road came along, saw the man crying on the side of the road, and pulled over. She stepped out of her car and asked the man what was wrong.

"I feel terrible," he explained. "I accidentally **hit** this rabbit and killed it."

The woman told the man not to worry; she knew what to do. She went to her **car trunk**, and pulled out a **spray can**. She walked over to the **limp**, dead rabbit, and sprayed the contents of the can onto the animal.

Miraculously the rabbit **came to life**, jumped up, **waved its paw** at the two humans, and hopped down the road. Fifty yards away, the rabbit stopped, turned around, waved again, hopped down the road another fifty yards, waved and hopped another fifty yards.

The man was astonished. He couldn't figure out what substance could be in the woman's spray can!! He ran over to the woman and demanded, "What was in your can? What did you spray on that rabbit?"

The woman turned the can around so that the man could read the label. It said: "**Hair spray**. Restores life to

dead hair. Adds permanent wave."

•Key words•

highway	公路；相當於台灣的省道
swerve	(v.) 閃到一旁
pull over	(v.) 靠邊停車
hit	(v.) 撞
dismay	(n.) 沮喪
car trunk	(n.) 汽車後行李廂
spray can	(n.) 噴霧罐
limp	(adj.) 癱軟無力的
come to life	起死回生
wave	(v.) 揮手
paw	(n.) 狗、貓的腳爪
substance	(n.) 成份
hair spray	噴霧髮水；通常用於最後修飾及固定創造出的「髮型」，定型力較強並且迅速。使用後髮型易控制，造型持久，不受風吹等因素變形。

● Key words ●

restore life	起死回生
hair	(n.) 頭髮；與hare（兔子）同音
permanent	(adj.) 持久的；永久的
wave	有兩種解釋：在這裡是 (n.) 波浪捲的髮型；wave its paw則是 (v.) 揮手

【解說】

　　這個笑話涉及「音同字不同」──hair（頭髮）、hare（兔子）；「音同義不同」──wave（捲髮；揮手）。這些常見的字眼，倘若一不留神看花了眼或聽走了神，那就失之毫釐，差之千里。

　　舉些例子來說：

　　《我的希臘婚禮》（*My Big Fat Greek Wedding*）這部喜劇片，讓人覺得好笑的是在它的雙關語。男主角的父母親趕來參加一對新人的婚禮，一屋子「黑鴉鴉」（注意，黑鴉鴉也可算是雙關語，因希臘人是黑髮）都是希臘人，全講嘰哩

瓜啦的希臘話，老先生聽得糊塗，也看得糊塗，對老太太
說：

"It's all Greek to me!"

本來這句話的意思是：「聽起來『霧煞煞』！」

當人家說了一堆我們聽不懂的話時，比方說不懂台語，
剛好有人跟你說了台灣話，你就可以回答："It's all Greek
to me!"

在這部片裡，剛好一屋子都是「希臘人」（Greek），說
的是「希臘話」（Greek），而他們又聽得「霧煞煞」，所以這
句話不僅是雙關語，而且是三關語呢！

另舉一常見例子：secretary 這個字，在公司企業裡是
「祕書」，然而在美國政府階層則是高官「國務卿」
（Secretary of State）或「州務卿」；也可以是「國防部長」
（Defense Secretary）。

波斯灣戰爭（Gulf War）期間，當時的美國副總統奎爾
熱愛打高爾夫球，連打戰期間也不例外，惹得民眾頗不以為
然。有回他到我們學校來演講，有激進派學生在會場外大貼
標語，罵奎爾只會打「高爾夫戰爭」（Golf War）！極盡諷
刺。

＊這幾篇笑話以及書後的廣播劇腳本（script），故意不
譯中文。我一直認為，增進英文理解力最好的方法就是直接

躺著學英文 ②

去理解，比方說，一篇文章拿到手，一口氣看下來，不懂的字回頭再查字典。有的字其實也不必查，只要看上下文，就能推敲其意。但我不太贊成「英漢對照式」的讀法，也就是一邊看英文，一邊看中文翻譯，這種作法造成每次說或寫英文的弊病，動不動就在腦子裡中翻英或英翻中，無法培養真正的英文思維。

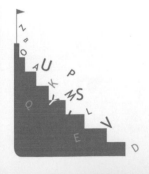

》最貴的芭比娃娃
The Most Expensive Barbie!

A man was driving home from work one evening when he suddenly realized that it was his daughter's birthday and he hadn't yet bought her a gift.

So, the man rushed off to the nearest toy store and asked the sales clerk, "How much is that Barbie in the window?"

The sales clerk replied in a **condescending** tone, "Which Barbie? We have Barbie Goes to the **Gym** for $19.95, Barbie Goes to the **Ball** for $19.95, Barbie Goes Shopping for $19.95, Barbie Goes to the Beach for $19.95, Barbie Goes Nightclubbing for $19.95, and **Divorce** Barbie for $265.00."

The **overwhelmed** man asked, "Why is the Divorced Barbie $265.00 and all the others are only $19.95?"

躺著學英文 **2**

"That's obvious!" said the sales clerk. "Divorce Barbie comes with Ken's house, Ken's car, Ken's boat, Ken's furniture..."

• Key words •

condescending	(adj.) 屈尊俯就的、降格相從的
gym	(n.) 體育館、健身房
go to the gym	去健身房作運動
ball	(n.) 舞會
divorce	(n.) 離婚
overwhelmed	(adj.) 不知所措的、大感吃驚的

【譯文】

　　傍晚，男子下班後開車回家，突然間，他想到今天是女兒的生日，而他卻連生日禮物都還沒買。

　　所以，他急忙趕到最近的一家玩具店，問店員：「櫥窗中的那個芭比娃娃要多少錢呢？」

　　「哪一個芭比？」店員客氣的回答：「我們有19.95元的

運動芭比，19.95元的舞會芭比，19.95元的購物芭比，19.95元海灘芭比，19.95元的夜總會芭比，還有要價265元的離婚芭比。」

男子不解地問道：「為什麼離婚芭比要265元呢，而其他的卻只要19.95元呢？」

「你想也知道，」店員說：「離婚芭比還附帶 Ken 的房子、車子、船還有家具呢！」（譯者：Yvonnes Chen）

》 開罰單
Got a Ticket

O le and Lena are driving home from a party one night when Ole gets pulled over for **speeding**. The **officer** comes to the window and asks Ole, "Sir, did you realize that you were speeding?"

"No sir," replies Ole, "I had no idea I was speeding."

Suddenly, Lena **blurts out**, "Yeah you did Ole! You were speeding and you knew it the whole time!"

"Would you be quiet, Lena, this isn't the time or the

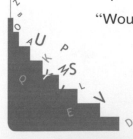

place!"

"Well, you were speeding and now you're trying to lie about it," says Lena.

Ole replies, "Will you just shut up for once, I'm **sick of** you **bossing** me around!"

The officer, still standing at the window of the car is surprised at the way Ole is talking to his wife. He asks, "Ma'am, does your husband always talk to you like this?"

"No," she replies, "only when he's been **drinking**."

•Key words•

ticket	(n.) 罰單
speeding	(n.) 超速
officer	(n.) 在路上被警方攔下時，不管他職階是警察或警官，一律稱他 officer。
blurts out	脫口而出
sick of	厭倦
boss	(v.) 頤指氣使
drinking	(v.) 喝酒

躺著學英文 ②

【解說】

　　太太不打自招，這樣一來，先生不僅會拿到一張「超速罰單」（speeding ticket），且會另拿「酒醉駕駛」（drunk driving）罰單，甚至遭吊銷駕照。

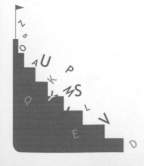

》 兩個小麻煩
Terrible "Two"

In a **certain** suburban neighborhood, there were two brothers, 8 and 10 years old, who were **exceedingly mischievous. Whatever went wrong** in the neighborhood, it nearly always turned out they had had **a hand in** it. Their parents were **at their wits' end** trying to control them and after hearing about a **priest** nearby who worked with **delinquent** boys, the mother suggested to the father that they ask the priest to talk to them.

The mother went to the priest and made her request. He agreed, but said he wanted to see the younger boy first and alone. So the mother sent him to the priest.

The priest sat the boy down across from the huge, impressive desk he sat behind. For about five minutes they just sat and stared at each other. Finally, the priest pointed his forefinger at the boy and asked, "Where is God?"

The boy looked under the desk, in the corners of the room, all around, but said nothing.

Again, louder, the priest pointed at the boy and asked, "Where is God?"

Again the boy looked all around but said nothing. A third time, in a louder, **firmer** voice, the priest leaned far across the desk and put his forefinger almost to the boy's nose, and asked, "Where is God?"

The boy **panicked** and ran all the way home. Finding his older brother, he dragged him upstairs to their room and into the closet, where they usually **plotted** their mischief and quickly said, "We are in big trouble!"

The older boy asked, "What do you mean, big trouble?"

His brother replied, "God is missing and they think we did it!"

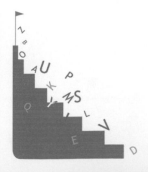

● Key words ●

certain	(adj.) 某個
exceedingly	(adv.) 非常地；極度地
mischievous	(adj.) 頑皮的
Whatever went wrong	不管出了什麼差錯
a hand in	插一手；脫不了干係
at their wits' end	束手無策；一籌莫展
priest	(n.) 牧師
delinquent	(adj.) 誤入歧途的；有偏差的
firmer	(adj.) 更嚴厲的
panic	(v.) 驚慌 （過去式：panicked）
plot	(v.) 密謀

【解說】

　　terrible two：原形容調皮搗蛋的兩歲兒童，在此形容「兩個」頑皮的小孩。

躺著學英文 ❷

》建築英文談笑間

有一年我接了教書的工作，在建築系教「建築英文」，沒有課本，全憑授課老師自作主張。既然如此，自由度增加了，可以讓我好好發揮一番。

這門課，我決定以影像為主，文字為輔。畢竟「聲」（sound）與「光」（light）的效果，勝過平面文字帶來的浮淺印象。

自第一堂課起，吩咐班代把視聽教室整個學期訂下來，每一堂課，我給學生放映不同主題的建築電影，英文發音，我在旁充當「同步口譯員」（Simultaneous Interpreter），必要時暫停，打開燈光解說一番。我自備的錄影帶包括大師級的萊特（Frank Lloyd Wright）、柯比意（Le Corbusier）；或以地區建築為特色，如德國鄉間的木桁架屋（**half-timber house**），或英國的「茅草屋」（**thatched house**），故事說來可長：

英國境內有六百餘棟茅草屋，被列入國寶，不准拆，地方政府每年撥大筆經費維護。茅草主要以稻草、燈心草、蘆

葦、棕櫚葉之類為材，從前遍地可得，而人工又便宜，茅草屋宛若窮人家專屬的房子。現在一般人可住不起。茅草每隔幾年就要換新，否則裡面長蟲，一早醒來打個呵欠，一隻蟲剛好掉進嘴巴裡，正是 "**Breakfast in Bed！**"（在床上用早餐。）

有人說，從前英國首相柴契爾夫人（Mr. Thatcher）所冠的夫姓，可想而知，她夫婿的祖先八成是搭茅草屋的工人。連大文豪莎士比亞的太太也從娘家帶了一座茅草屋當嫁粧，遊客到斯特拉福（Straford-upon-Avon）造訪莎翁故居，總會順道入內轉一圈。

為了讓學生認識「摩天樓」（skyscraper），我也放過好萊塢劇情片，由戴安基頓和我最欣賞的山姆薛普（Sam Shepard，普立茲獎劇作家）主演的《嬰兒炸彈》（*Baby Boom*），呈現紐約市大刺刺的「玻璃帷幕牆」（**curtain wall**），直插入天際，在落日餘燼中閃著冰稜稜的光芒。從《安妮的日記》（*The Diary of Anne Frank*，**Anne** 應該唸「安」）看出侷促狹仄的空間給居住在裡面的人帶來精神壓迫的影響。

有回介紹菲立浦・強森（Philip Johnson）設計的「入門之屋」（Gate House），一棟別開生面的實驗性建築，幾乎看不到一條直線，大部分由曲面和曲線所建構，連門窗等「細部」（**detail**）既非直線也非幾何形體⋯⋯。幾堂課下

躺著學英文 **2**

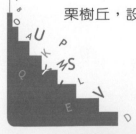

來，發現影像的成效果然勝過長篇大話，如此，誰說教室不像電影院！

以前在台灣，自己一直是安靜的學生，不吵也不鬧，更不敢和老師抬槓。哪裡想到今天的學生嘴巴甜得像蜜，也敢跟老師開玩笑。在台大大氣系教書多年的朋友，聽說我新兼了幾堂課，好心給予忠告：「太嚴肅的老師，沒有學生緣；太客氣的老師，又被學生欺到頭上來。」他說，有個學生竟然放肆到敢拍著他的肩膀，跟老師稱兄道弟！

問他們一個問題，且聽那調皮的學生打趣道：「因為所以蟑螂螞蟻數學國語生活倫理日本料理豈有此理……」

另一學生接口：「沒有道理！」

道理？我向來不給學生講大道理，只期盼一個個稚嫩的心靈能從小典故中拾取丁點的感覺；有一天，這丁點的感覺也許會匯流成長江大河，滔滔東去。

我叫學生上黑板塗鴉，隨意畫出他們心目中的房子，有圓有扁也有像外星人登陸的飛碟。畫完，眾人各說出各的看法，好不好，全憑主觀意識。舉個例子來說吧，「後現代」（postmodern）建築之父范裘利（Robert Venturi）是獨子，晚婚，與母親同住到四十歲，母子倆感情很好。

一九六二年范裘利替他母親設計了一棟住宅，位於賓州栗樹丘，設計草圖很簡單，就幾筆線條而已，看起來很像孩

子們隨手畫的房子──尖屋頂、一具煙囪，加上一道擺在中間的方門和兩邊的幾扇窗戶。這棟著名的「媽媽的房子」（Mother's House）就這麼容易，一點也不繁複的造型，卻給人親切的、家的感覺。

「這麼簡單的設計圖，誰不會畫呢？」學生不以為然。

＊ 媽媽的房子

「老師，我看那像一間雞舍嘛！」

我說：「這就是創意，把握不到或無從領略，不管它是複雜或簡單，只要是第一個想出了點子，描摹它，解說它，捕捉它，這創意便有說不盡的價值。倘若是抄襲來的，造得再精美充其量不過是次等貨罷了。」

除了放電影，我也喜歡講關於建築的一些「八卦」（trivia：gossip），一堂課下來，方覺軼事趣聞遠比正式建築史有趣多了。設計羅浮宮金字塔的華裔美籍建築師貝聿銘（I.M. Pei），考試時有學生光記得我附帶講的八卦，把他的名字寫

躺著學英文②

成「我是要付錢的」（I am paid.），正名倒忘得精光。有學生辯說：「建築師又不是義工，當然要付錢囉！」

　　提到二十世紀建築四大師：萊特、葛羅培斯（Walter Gropius）、柯比意、密斯凡德羅（Mies van der Rohe）。我再三提醒學生，可別把萊特的姓名拼錯了，在地下的他恐怕會跳起來大叫：「誰叫你們把我弄成了『錯誤先生』（Mr. Wrong）。」即使再三叮嚀，仍然有學生把密斯（Mies）寫成了「小姐」（Miss），硬生生將大師性別倒錯。

　　葛羅培斯是包浩斯學院創辦人，居然有人誤以為「包浩斯」（Bauhaus）是哪個建築大師。興問之下，那學生竟委屈地回答：「老師，中國人不也有很多姓包的。」唉，叫我怎麼說呢。

　　糊塗學生當然出自糊塗老師，偶爾我自己也會出漏子。為了加深學生印象，比方說，哥德式（Gothic）建築的特色：以尖拱（pointed arch）、肋筋拱頂、扶壁，與飛扶壁構成的外骨架構系統，以追求高度感，最有名的例子是巴黎聖母院。我故作幽默：「支持圓頂（dome）的東西叫『ribs』（肋筋），相當於人的排骨。」

　　頃刻間，眾學子笑聲如彈珠咯咯笑了一地。

　　「老師，排骨是長在豬身上的，人身上的叫『肋骨』。」唉，總算體會了教學相長的意義。

》雞同鴨講洋涇濱

提到說外語，如今擁有多國語言能力者大有人在，嘴裡吐出幾句洋涇濱的，更是比比皆是。在台灣土生土長的老一輩，即使沒受過學校教育，目不識丁，但幾句簡單日語仍能琅琅上口。就連鸚鵡，將牠的舌頭稍事修剪，耐心調教一番，也能不分場合，冒出各國語言。

你正在學外語嗎？讀了《躺著學英文》，想必你對學外語也有一番心得。我認識許多人，他們都有一本難唸的學習經，說給你聽聽，也許你會覺得可笑，也許你會心有戚戚焉。說不定，你的學外語經驗更離奇更有趣，說出來與大家分享吧！

　　＊　　＊　　＊　　＊　　＊

澳洲人說：「我今天要到醫院去。」（I am going to the hospital today.）

可是，聽在我耳裡卻是：「我今天要到醫院去死。」

躺著學英文 ❷

（澳洲人把「today」唸成「to die」。）

*　　*　　*　　*　　*

在美國唸書時，我曾在學校餐廳包飯。同桌飯友有個老美叫比爾，聽說他天生是個語言料子，任何話一旦給他聽過一遍，過耳不忘。

那天我一入座，他劈頭過來：「妳好嗎？」一口純正的中文，連我的中文名字也咬得字正腔圓。

我說：「比爾，你到底會說幾國話，數給我聽聽，十個指頭不夠的話，我這兩隻手可暫借給你用。」

「英語——那當然，還有法語、德語、西班牙語、中國話、俄語、芬蘭語；你知道嗎，我唸高二的時候，曾以交換學生身分到芬蘭讀了一年書，那時候，別的功課不怎麼樣，我最驕傲的是英文成績全校第一。」說著說著，他頭不知不覺歪到了一邊：「另外還有瑞典話，不過我會的那一句，在座的各位都會。」

大家面面相覷，弄不清自己什麼時候，打哪兒學來瑞典話，衝著比爾追根究底。

只見他不疾不徐地，嘴巴湊成圈狀：「VOLVO。」

*　　*　　*　　*　　*

學外語，往往無法忽略其中不同的文化情結。

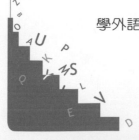

剛上基礎德文課時，一開始就碰到以下的對話。

男女相偕到餐館吃飯，結帳時，侍者必問：「拆帳或一起付？」（Getrennt oder zusammen?）

若在中國人的地方，準是二話不說，將帳單直接丟給那個男的。

*   *   *   *   *

即使連同樣的語言，也有文字障礙。我剛開始閱讀大陸出版的刊物，需要參考繁簡字對照表才能看懂，這樣一來，未免不夠痛快。

有位廣州來的女孩跟我提到，好久沒給家裡寫信，很多漢字想不起來怎麼寫。

我回答她：「簡體字就這麼幾道筆劃，要是不小心漏掉一二劃，就不像個字啦！」

不過，有些大陸同學也老愛譏笑我「台灣式」的形容詞，尤其是疊字：「好好吃」、「大大的」、「瘦瘦的」，他們總認為婆婆媽媽，不如他們習慣說的「好吃」、「大的」、「瘦的」那麼爽脆。

*   *   *   *   *

已過世的英國媒體大亨麥斯威爾（Maxwell），通曉八國語言。據說，生前他經常以各國道地的粗話，訓斥旗下的多

躺著學英文 **2**

國籍員工，讓人恨得咬牙切齒。

＊　　＊　　＊　　＊　　＊

有位北京清華畢業的同學曾教美國室友傑夫兩句中文，雖算不上國罵，但也惹得風波四起。

恰巧這學期，傑夫修了一門中國教授開的電腦課。一回，當教授正埋頭在黑板上寫字，課堂內寂靜無聲，忽然背後拋來響亮一句中國話：「住口！笨蛋！」

中國教授驀地回頭，肅容巡看眾學子，卻見滿堂白膚黃髮，只有一個東方臉孔坐在最前排，作出一副「不是我」的無辜表情。

看樣子，抓不出真正的元兇。

如果你膽敢以這句「住口、笨蛋」挑釁傑夫，他準會冒出另一句中國話反擊：「什麼？」

你若耐著性子重複一遍，他老兄仍是死皮賴臉地：「什麼？什麼？」眼睛睜得又大又圓，一副跟你裝糊塗的模樣，奈他莫何。

＊　　＊　　＊　　＊　　＊

課餘時間，漂亮的戴安娜在學校附近一家餐館當女服務生，有天來了四個德國青年，聽說她正在修一門德文課，馬上露出愉快的表情。難得在這鳥不生蛋的美國沙漠地帶，竟

然碰上會說德文的漂亮小妞，怎能不開心呢？

戴安娜以為，這下他們會多賞一點小費，在服務上倍加殷勤。

誰知，這群德國小夥子入鄉卻不隨俗，只留下一美元小費，連帳單的百分之四都不到，比一般人給的百分之十至十五，少了許多。

雖然她早就在德文課堂上學到，德國人一向沒有給小費的習慣，卻仍大失所望。

＊　　＊　　＊　　＊　　＊

有個同學姓「俞」，她跟幾個老美合住。每次我打電話過去，經常是她室友接的。

我說：「請問俞在不在？」（Is Yu there?）

那老美笑著回答：「『妳』不在。」（**You is** not here.）

我心想：廢話！我人就在這兒，怎會說不在呢？而且還文法不通！

原來，美國人通常發不出「魚」（Ｙｕ）這個音。

可是，德國人就沒這問題。因為德文字母有個「Ｕ」，發音和「魚」或「俞」很接近。

＊　　＊　　＊　　＊　　＊

近年來，美國人學俄語的風氣很盛。我的蘇聯女友到美

躺著學英文 ②

國陪讀，不愁找不到教俄語的工作。

蘇聯政權垮台前，經常在電視上看到美蘇高峰會議兩大巨頭——雷根與戈巴契夫——的翻譯互相對打擂台。

聽說美國這邊的翻譯專家是土生土長，在愛荷華大學拿的俄文學位，幾番磨練之下，如今算是道地的俄國通。

然而當年學俄文，起因是他覺得俄文很簡單。小時候他在家鄉附近見過幾個俄國佬，也看到俄國字，竟天真的以為，俄文字母即英文字母左右顛倒過來而已。

＊　　＊　　＊　　＊　　＊

德文文法相當複雜，光是名詞一項就可分為男性、女性或中性，其中大部分毫無規則可循。例如：月亮是男性，太陽是女性，餐廳、啤酒和燈卻都是中性。

我的德文老師卡爾森夫人來自海德堡，對學生的文法錯誤束手無策。她說，如果可能的話，她願意向藥廠訂購特製的文法藥丸，專治德文學生的毛病。

另外，德國人對房間的說法也不同。所謂「五房大宅」，事實上是包括廚房、客廳、餐廳、浴廁在內，單有一間臥室的「小套房」而已。

＊　　＊　　＊　　＊　　＊

某位大陸民運人士初抵美國，英文程度不算好，但開

口、閉口就是：「So what!」

　　言下之意：「是又怎麼樣？不是又怎麼樣？橫豎你管不著！」

　　老美聽了，很不以為然。

　　一如「快點！動作快點！」（Hurry up! Hurry up!）十足命令的語氣。客氣一點，應該加個「請」字："Please hurry up!"這是基本的禮貌。

＊　　＊　　＊　　＊　　＊

　　德國人老嫌瑞士人說德語的口音太重。龍應台曾在文章裡提到，她的小孩在瑞士上學，回家講的話，連她的德國丈夫都聽不懂。

　　德國坊間時興這樣的笑話：「土耳其人和瑞士人有何不同？」

　　「土耳其人說的德語比瑞士人道地多了。」

＊　　＊　　＊　　＊　　＊

　　一般英文不靈光的人，每次提到星期幾，必定屈著手指頭從 Sunday 開始數起。

　　即使在心算數字（或鈔票）時，心裡唸的仍是母語，不信的話，你試試。

躺著學英文②

＊　　＊　　＊　　＊　　＊

中國人學俄文，其中Ｒ字稱為大舌音，同樣的字到了德文，就換成小舌音。

有人作過統計：發Ｒ這個音，男人比女人咬得準。

朋友勸我：不如變性裝個假喉結算了，也許從此能說一口標準德文呢！

我正在考慮。

教授也建議我，經常仰著頭練習漱口，可以克服德文的發音。

我試了幾十次，音沒發成，倒是肚子裡灌飽了水。

＊　　＊　　＊　　＊　　＊

波荷丹娜從捷克來到美國依親，投靠比她早兩個月來美修物理博士的先生。

雖然她在捷克已唸到大學生物系三年級，英文畢竟不是她的專長。初抵美國，先生帶著她四處走動，拜見師長同學。除了綻放美麗的笑容外，她根本聽不懂別人在說什麼，當然也不曉得該回答什麼才好。然而四個月後，她卻令人刮目相看，偶爾還會用英文跟人開點玩笑呢！

那天在聚會上，艾瑞克直誇她人緣好，待人和善，笑臉如春風。

　　她不好意思地回答：「不瞞你說，我剛來時，你說的話，我一句也沒聽懂，只能傻笑！」

＊　　　＊　　　＊　　　＊　　　＊

　　國際會議場上，世界各地語言全靠同步翻譯人員拉線，其中以德文口譯最讓人心焦。

　　德文複句最重要的動詞擺在句尾，口譯者不聽到最後關頭，很難弄清楚整個句子的涵義。

　　一旦句子又臭又長時，往往造成暫時冷場。參加會議者如熱鍋上的螞蟻，只見台上講演者滔滔不絕，耳機裡卻毫無動靜，忍不住跳腳抗議：「到底他在說什麼？」

　　「我也不知道，要等最後的動詞出來以後，我才搞得懂啊！」口譯專家無可奈何地答道。

＊　　　＊　　　＊　　　＊　　　＊

　　法國人的修養似乎不錯，上午在路上碰見，忍不住罵他：「笨球」。

　　他會笑笑地點頭：「早安」（bonjour）。

＊　　　＊　　　＊　　　＊　　　＊

　　感恩節假期，寒風凜冽，我和幾個德國學生相偕去看莎劇《仲夏夜之夢》。

　　回來以後，他們告訴我：「莎劇並不難懂嘛！古典英文聽起來猶如現代德文。」

　　我心裡想，冬天裡觀賞《仲夏夜之夢》，莎翁說的好像是德語，怪不得如今一窩蜂的人學習外語，總是各說各的南腔北調。

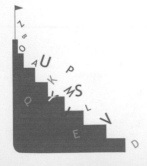

》 我的同居女友

居分炊飯，共灶各烹魚」，是我與老美女孩共住的經驗。

在美國唸書期間，前後歷經四任女室友，各具姿色，個性也皆異。「同居」的滋味，自是充滿了酸甜苦辣。

當初所以會選擇住學校宿舍，挑老外當室友，目的就是為了學英文，深入了解美國文化。不明就裡者，還以為我這人喜新厭舊，以換室友來調劑生活呢。

第一任室友洛麗，來自中西部愛荷華鄉下（離麥迪遜橋不遠），純樸善良，人長得很秀氣，然而個性不矯飾，笑起來毫無遮攔，笑聲響得幾乎要掀翻屋頂。

她在家鄉已唸完社區學院，因未婚夫車禍身亡，對方父母把保險金拿出來供她繼續上大學。每次她「婆婆」打電話來關問她，打聽她的近況，我總是閉緊嘴巴，不敢告訴她洛麗已有新男友。

洛麗人真的很好，有時候，她看我一個人待在宿舍裡，

躺著學英文 **2**

於心不忍，便帶著我參加各種聚會，介紹我："She is my roomie."。「roommate」（室友）這個字，字尾改一下，我跟她的關係彷彿更親密，一如 Tom, Tommy; Jim, Jimmy; Nick, Nicky; Dad, Daddy; Mom, Mommy。記得有回是「乳酪與酒派對」（Cheese and Wine Party），除了酒以外，只招待餅乾夾乳酪，因為沒有別的東西可吃，眾人倒也吃得津津有味。

那時我剛到美國，英語講得不算流利，可是她很有耐心，隨時糾正我的發音，而且毫無嘲笑之意。不知為什麼，我碰上的老美從來不嫌我的英語帶口音，反倒是老中有時會五十步笑百步。

最讓我印象深刻的是人名「馬克」（Mark），我按中文發音張著嘴說，洛麗竟然沒聽懂，經她指點，原來「M」這字要把上下嘴唇縮進去，才發得準。還有「L」的尾音，也不能發成「羅」。因與我同住，她也注意到有些台灣人發不準「really」這個音。

第二任是黑人女孩安姬，攻讀法律。她長得豐滿甜美，可怕的是有嚴重的潔癖，每天要吸三次以上的地毯，抹五次桌椅。我們同居的第一個周末，朋友過來我這兒煮頓飯，她立刻向「舍監」（Resident Advisor）抗議，說她受不了中國食物的味道，要求換房間。

　　真奇怪，我一年到頭難得燒頓飯呢！不過，換就換吧，我無所謂。我既不覺得委屈，也沒向舍監解釋，更懶得和她爭論。我覺得人與人相處是要靠緣分的，勉強不得。

　　換來的第三任室友是猶太女孩，如今我竟連她的名字都想不起來，可見兩個人雖「同居」，彼此卻是「異夢」，極少交流。她搬來跟我住的理由，據說是沒有人願意跟她住。看樣子，舍監以為一個老中、一個猶太，兩個少數民族可以「同病相憐」吧。

　　這女孩信猶太教，「類似」吃素，所謂的**kosher food**。但每間宿舍裡只有一個水槽，如果她在家做菜的話，我就不能，否則會玷污了她的食物。猶太教的禁忌特多，每個周末安息日，她不能接觸電器，也不能碰鑰匙。只要她留在宿舍裡，我們客廳的燈只好整夜開著，門也不能上鎖，不然我得隨時守在門邊幫她開門或開燈。幸好多半時候，她都到城裡的猶太家庭過周末，留我一個人清靜兩天，不必顧忌她那些囉哩八唆的規矩。

　　不過誰也想像不到，我們倆倒是和睦相處。她不嫌棄我，而我也不討厭她。為什麼呢？因為那個學期，我乾脆在學校餐廳包中飯和晚飯，每天在圖書館唸到三更半夜才回家睡覺，難得和她打照面。唉，一個月見不到幾次面，怎能不相安無事？

躺著學英文②

澳洲女孩安東妮亞是我的第四任室友，也是最後一任。她是雪梨大學畢業的高材生，加上牛津與哈佛雙料背景，但修養奇好。這時候的我已在美國混了好幾年，倒不需要找人練習英語會話，我們純粹是朋友，在生活上互相照顧，彼此幫忙，連她那劍橋經濟博士的媽媽都跟我很熟。像這樣心地善良又懂事的女孩，同胞裡恐怕也不多見。

不過，安東妮亞有個壞習慣，喜歡以不加糖的可樂解渴，一到了晚上便因咖啡因而睡不著覺，於是要喝點酒幫助入睡，到第二天早上又昏昏沉沉的，只好再喝幾瓶可樂清醒清醒。到了晚上，又開始惡性循環，永無終止。

我曾經好意勸她戒掉這兩種飲料，她搖頭嘆氣道：「等這九個月過完再說吧！」可見她當時的壓力不小。

她唸的是為期九個月的法學碩士（L.L.M.），專給已擁有法律學位者修讀，課程密集而繁重，因此她每天除了讀書還是讀書。然而在這樣繁忙的功課中，安東妮亞每天仍抽出兩個小時練習花式滑冰，風雨無阻。連劍橋冬天飄雪，馬路上交通不便，她無法繼續騎腳踏車到溜冰場，一向用度省儉的她居然僱輛計程車，每天早上十點半來接她，下午一點鐘再接她回家，沖個澡，然後步行到學校趕上兩點鐘的課。

我不知道她究竟是天資聰穎呢？抑或善於利用時間？也許兩者都有吧。而且，她不僅天天溜冰而已，連三餐飯都回

家做——她還真愛做飯呢。

安東妮亞帶給我莫大的啟示。我一直想把德文學得精通，多年來，陸陸續續學了又停，停了又學，老為自己找各種偷懶的藉口。眼見室友的恆心和毅力，自己當立即付出行動，不該再有任何推託。我也時常以她的例子，來鼓勵我那些想把英文學好的朋友。

挾著哈佛法學院的鍍金文憑，安東妮亞在出校門前半年已覓得紐約一家律師事務所的工作，年薪九萬美元（一九九四年），讓我羨慕得要命。我們倆「同居」一年，她對我的唯一抱怨是害她胖了十四磅。誰叫她的胃口好得不得了，我做的菜吃不完，她照單全收。

從抵美國的第一天起，我就打定主意找美國室友同居，將自己置身於不同的文化環境裡。雖然天性羞澀，但我向來重視「個人隱私」（privacy），講究保有「個人空間」（space），所以和老美同住，能夠維持「雖然我不同意你，但我尊重你」的心態，從未有不適應的問題發生。即使房門沒上鎖，我也從未踏入室友的房間。

我以前聽說，有些同胞特別喜歡「關心」別人，不時進別人的房間裡察視一番，或「好心」幫忙回答電話或對外人隨便透露行蹤，甚至打探或插手男女感情隱私。再加上私人信件或便條上用的是彼此都懂的中文，很難保證不被「瞄」

躺著學英文②

上幾眼。怪不得有人說,如果有什麼秘密,室友會第一個傳出去。若找個外國室友,就能避免這些後遺症。

當然中國室友的好處也多,同文同種,知心的也不少。不過,如果當初我選的是中國室友,口頭英語可能就不會進步這麼快,而且更不可能深入接觸這些形形色色的人種,這是留學或遊學期間最大的收穫。

當然,有些個性大方的老中,學起英文相當積極,甚至帶點侵略性,見了老美就拼命黏著人家講話,或纏著對方代修改作文,為了英文簡直不擇手段。這也沒什麼不好,雖然有時會令對方反感。

但像我這樣內向被動的人,只好採取溫和的方式,藉著「同居」關係建立感情,以近水樓臺的方式來磨練英文。那幾年與老外同居的體驗,已成終身難忘的回憶。試問,除了嫁或娶或同居,你有多少機會與老外長期共同生活?

Chap.4 一本難唸的翻譯經

→ 翻譯難，難在自己寫文章可以天馬行空，
→ 但翻譯得顧慮到原作者的文意及精神，
→ 唯恐譯錯了一個字，
→ 直到書絕版前難以心安。
→ 然而經由自己動手翻譯，
→ 反覆咀嚼，
→ 一本書可以讀到滲透進骨子裡。

》 翻譯的價碼

不久前，一位英語系教授告訴我，他為中央日報全民英語專刊翻譯了兩篇名人英文演說稿，拿到稿費一萬五。我算了一下，一個字大概拿到三至五元左右。這樣的譯費算是不錯的。因為國內創作的稿費基準十五年幾乎未曾變動，特約邀稿除外，一般名家稿費一字三元，中級作家兩元，其他則是一字一塊錢或一塊半。

至於翻譯非專業書籍，從千字五百元至一千二不等。據說，有的出版社苛刻到連標點符號和每段的空格都不算在字數內。我心想，難道印書的時候，可以不印標點符號？不空格？

記得剛從研究所畢業回台，接了第一本翻譯書，在談價碼時，編輯對我說了一段話：「我們給某大學英文系教授的譯費是千字六百元，她是博士，而妳才剛從研究所畢業，所以我們給妳千字五百。」

我想了一秒鐘，覺得倒也合理，便接下這差事。沒想到

在我交稿三個月後，編輯突然打電話給我：「我們有一本翻譯稿，譯得沒人看得懂，可不可以請妳幫忙潤稿？」

我問那位「譯者」（translator）是何許人，她的回答倒出乎我意料之外，原來就是那位價碼高我一級的英語系教授。

這時我才頓悟，原來英書中譯，不只是英文要好，中文程度也同等重要。如果中文表達能力不佳，不可能做好翻譯。

我常覺得，譯書有如代工。出版社委託譯者，譯畢交稿以後，書賣得好不好，與譯者毫無關係。但譯者在辛苦譯書時所付出的感情，難道譯完就交割？所以有些出版社付給譯者「版稅」（royalty），有很大的鼓勵作用。

另外，翻譯也有口碑和品牌。舉個有名的例子，日本作家村上春樹的作品一向由賴明珠翻譯，據說當初是她把村上春樹引介至台灣，讀者已習慣了賴的譯筆，換了別人翻譯，讀起來總覺得少了點村上味。以今天村上在台灣長期暢銷的程度，譯者的收穫想必也不差。

躺著學英文 **2**

》挑別人的錯容易， 挑自己的難

我們常常在報紙上看到，書評家把翻譯書打壞分數，客氣一點的，僅在文末寫上：「瑕不掩瑜」、「譯者該打屁股」一句話輕輕帶過。下筆較重的，往往話帶譏諷：「巧取豪奪，犧牲原作」、「浪費寶貴的樹木」（印書要用紙，而製紙要砍樹）。

我自己也碰到同樣的情形，善意的指正，惡意的批評，書一上市，譯者就等著眾人批鬥吧！每次作翻譯，總是令我焦慮不堪，唯恐一個閃失，看花了眼，譯成牛頭不對馬嘴。

說實話，我是很願意認錯的，比方說，《流動的饗宴》初版第98頁，我把法文的「洋芋」譯成「蘋果」。一方面在此向讀者致歉，另一方面也有所感慨，讀者在為譯者所犯的錯誤一分一分扣的同時，是否也應視譯者所付出的努力，一分一分加呢？

然而，有誰敢打包票說自己的翻譯工夫百分百？

挑別人的錯容易，挑自己的難。請原諒我從坊間名著中

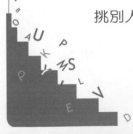

挑幾個例子。童元方譯《愛因斯坦的夢》，文字優美如詩，譯筆精準幾乎無懈可擊，我總是一讀再讀，且在網站上推薦給讀者，作為最佳譯書典範。但在初版第23頁提及「亞麻製品店」（linen shop），這個字讓我起了問號。查了原文，「linen」的確是亞麻製品，看來無可爭議。可我還是覺得有點怪，因為從未聽說誰去過亞麻製品店，到底是什麼，我想了很久。

直到有一天，到台北榮總探病，無意中經過一個房間，門上釘了塊牌子，寫著：「linen」，裡面堆了成疊的床單，我恍然大悟。原來亞麻製品店就是台灣的「寢飾店」，專賣枕頭、床單、床罩之類。

維吉妮亞·吳爾芙在《自己的房間》（*A Room of One's Own*）一書裡提到「Oxbridge」，中文本譯成「牛橋」，可說對也可說不對。因為這字指的是「牛津大學」（Oxford University）及「劍橋大學」（Cambridge University），若加了註解就好。不過，中文世界好像沒有人把這兩所大學合起來簡稱「牛橋」，你認為呢？

另一個例子是《咆哮山莊》，全書背景在英國約克郡，那地方的景致是一片連綿起伏的黑色石丘，除了野草，唯石楠遍長，它們稱為「moor」，字典裡譯成「荒原」、「曠野」，雖接近原意，但也不盡然。不過，前輩大師梁實秋把

躺著學英文②

「moor」譯成「澤地」，意義相距已遠。

麥羅斯基（Robert McCloskey）以波士頓公園為背景的童書《讓路給小鴨子》（*Make Way for Ducklings*），其中有一章描述母鴨教小鴨游水的情景，譯文如下：「她教他們怎麼樣游泳和扎猛子。」請問什麼是「扎猛子」？有人告訴我這可能是老北京土話，可是有多少小孩看得懂呢？

當然我也看過更離譜的翻譯，電視 Discovery 頻道上播放旅遊節目，介紹某一個小島國，從頭到尾我都沒聽過那個國家，還以為是自己無知。最後在片尾字幕上發現，原來竟是台灣觀光客風行的模里西斯（Mauritius）。

電視影集《慾望城市》（*Sex and the City*）提到「long distance carrier」，正確譯法是「長途電話公司」，而不是什麼長途快遞。

《麥迪遜之橋》（*The Bridge of Madison County*）書中最具象徵意義的「covered bridge」，台灣版譯成「遮篷橋」，倒也沒什麼不對。但如果你看過實際照片，橋本身像隧道般長長的，周圍密封，只留洞身供人及車通行，不僅是遮篷而已。大陸社科院前美國所所長資中筠以筆名翻譯的簡體版，把它譯成「廊橋」，好像更貼近事實。書中女主角「Francesca」是義大利名，唸法類似「法蘭切絲卡」。

所以說，譯者非聖賢，孰能無過？

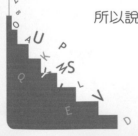

* 廊橋

躺著學英文②

》翻譯是精讀
英文的方式

一如「聽寫」是練習英語聽力的最好方法,「翻譯」也
是精讀英文的最佳方式。

看原文書,隨便瀏覽,即使有些生字不懂,也能看出個
大意。一旦要動筆翻譯,字字句句就得斤斤計較,說得簡
單,做起來可沒那麼容易。

說我一個月能譯好一本書,實在有點誇張,但也是事
實。

我的每一本譯書包括《林徽音與梁思成——一對探索中
國建築的伴侶》、《流動的饗宴——海明威巴黎回憶錄》都
是我自己挑選的,像我自己的孩子。這些書的翻譯權也都是
由我出面洽談的。

我的作法是,先在半夜打電話到英國或美國原出版社,
打聽好中文繁體翻譯權是否仍待價而沽,接著找一家台灣的
出版社提案,談好個人版稅的條件。然後,由我出面交涉版
權,以多封e-mail往返商談細節,討價還價,最後談妥「預

付版稅」（advanced royalty）金額，少則一千二百美金，多則無上限，看有多少人搶而定。據說比爾‧蓋茲的一本書曾被某出版社以重金標下，必須賣出六萬本以上才能打平。

　　至於《流動的饗宴》，則耗了我兩三年的青春。

　　海明威的後代將其著作權託付給一私人律師，他對我的 e-mail 總是相應不理，只給我回了封短函：「目前，我們對台灣的翻譯權沒有興趣！」

　　一年後我又想起這事，便發揮超級磨功和忍功，每兩個禮拜就傳給他一封 e-mail，另外也傳真和打電話，他搬了家我又查到新的傳真號碼，繼續傳信函給他。一年多以後他大概有點承受不了，終於告訴我，海明威全部作品的「全球中文翻譯權」已賣給上海一家出版社，因為事先他不知道中文竟有簡體、繁體之分。

　　最後，我直接找上海譯文出版社，向他們「分租」（sublet）這本書的繁體版。書出版之際，剛巧趕上了海明威一百年冥誕。

　　等塵埃落定，出版社訂的截稿日往往在一個多月內，譯好即出書。這時戰鼓聲頻催，咚咚咚，容不得我半刻偷懶，每隔幾天就得繳出一個章節，編輯馬上作業，不到一個月就譯好了一本書。但別人有所不知，那本原文書在提案前，我已讀過不知多少遍。

躺著學英文②

　　一本書譯到後來很順手，一天萬字都不成問題。然而，難就難在起頭。依我向來的習慣，每本書的第一章，我總是譯了又改，改了又譯，稿子打在電腦裡，印出來看一下，再改，又再印，這樣來回不知多少遍，浪費了數不清的紙張。

　　可是，譯完以後我整個人都虛脫了，好一段日子得了「厭字症」，一個字都寫不出來，所以我一年最多只譯一本書。

　　說實話，翻譯難，難在自己寫文章可以天馬行空，但翻譯得顧慮到原作者的文意及精神，唯恐譯錯了一個字，直到書絕版前難以心安。然而經由自己動手翻譯，反覆咀嚼，一本書可以讀到滲透進骨子裡。

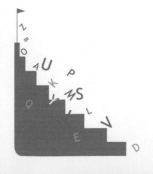

》字幕的翻譯

自從台灣出現「有線電視」（cable TV），引進不少外國節目，尤以英語電影和電視影集佔大多數，「字幕」（subtitle）翻譯人員於焉產生。

我剛回國時，在家裡接了不少字幕翻譯的工作，包括電視和電影節目，有些附「腳本」（script），有些則是英語聽譯。

西片翻譯可說是一項好玩的工作，每天看不同的電影和紀錄片，聽各式各樣有趣的對白。我那家字幕公司還算照顧我，舉凡恐怖片、色情片、暴力片這類兒童不宜觀看的電影，從來不分派給我，儘管我早已成年。

翻譯紀錄片如 Discovery、National Geographic，可獲得五花八門的知識，通常翻譯半小時可拿兩千五百台幣，這是一九九五年的價錢。但因個人學問有限，有些科學領域或財經方面的紀錄片，完全無法勝任。

接翻譯工作，通常都要先試譯，看成績才會錄用。

躺著學英文 2

　　我也曾為公共電視「聽譯」一個半小時的節目，其中真正有聲音的部分約十一分鐘，由於要來回倒帶聽，也耗掉我幾個小時才做完。這工作在二〇〇〇年接的，拿到五千元台幣的酬勞。

　　為了配合螢幕的尺寸及眼睛瀏覽的速度，規定每個字幕最多只要兩行，每行不超過十一個字。於是有陣子，我染上職業病，每次跟人說話或寫信，常常不知不覺到第十一個字就自動打住，另起新的一句，別人往往覺得我有點莫名其妙。

　　字幕翻譯和書籍翻譯有些微差距，字幕因要配合螢幕，用字力求精簡；書籍則講究細工，要求句子完整。同時，字幕一瞬即逝，書籍可留久遠。在考慮從事這一行時，不得不慎重選擇。當然，也有人兩者都做得很好。

● 電影類別 ●

Action and Adventure	動作與冒險片
Adult Movies	成人電影、色情片
Animation	動畫卡通電影
Classic Hollywood	好萊塢經典電影
Comedy	喜劇電影
Documentary	紀錄片
Drama	劇情片
Family	家庭電影
Horror	恐怖與驚悚電影
Martial Arts	功夫片
Musicals	音樂劇、歌舞片
Organized Crime	黑幫犯罪電影
Science Fiction and Fantasy	科幻片
Shakespearean	莎劇改編電影
Silent Movies	默片
Sports	運動電影
Teen Movies	青春片
War Movies	戰爭片
Westerns	西部片

躺著學英文 ②

》翻譯，有時是
神來之筆

翻譯這件事，其實也要靠點靈感。有時百思不得一句，有時卻如神來之筆。

有個簡短的句子："3 hundred years of waiting, for nothing." 你怎麼譯呢？

當我看到這句話的同時，腦子裡靈光一閃，立刻浮現中文：「等了三百年，到頭來一場空。」

當然，你也可以譯成「三百年的等待，什麼都沒有」或其他。總之，翻譯沒有百分百標準答案。

好的翻譯，必須兼顧不同的文化、聲音和形象。有的字要音譯，有的卻只能意譯。

舉個例子來說，披頭四（Beatles），這個字原是甲殼蟲，但音譯成「披頭四」，恰恰符合四個披頭小伙子的形象；而辣妹合唱團（Spice Girls），完全以「意譯」，光看「辣」字即可想像，幾個女孩鮮活好動的熱勁兒，真是譯得巧！譯得妙！

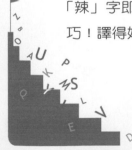

》 翻譯的地域性

二〇〇一年奧斯卡頒獎典禮在電視上轉播，出盡風頭的《臥虎藏龍》男主角周潤發說出內心感言，這時中文字幕打出：「百呎高空上吊鋼絲飛來飛去，猶如搭『過山車』！」

朋友打電話來問我：「什麼是『過山車』？」

我因為有聽到英文，所以知道周潤發在說些什麼。老實說，「過山車」的譯法沒什麼不對，但只通用於港澳及大陸，台灣倒不時興這個說法。

翻譯，一定要從眾隨俗，不能自己任意發明新的字眼，除非這個字是新的，以前沒有人翻譯過。翻譯的時候要注意，不能只是翻翻字典，照著字面上譯，有時更要以一般常識判斷。同時要注意它的地域性，在中文世界，不同的地方有不同的譯法。

我從小看《讀者文摘》長大，後來漸漸少看，就是因為它使用許多港澳用語，什麼「荷里活」（好萊塢），讀起來總

躺著學英文 ❷

覺得怪怪的。現在它為了拉回台灣讀者,似乎漸漸又採用台灣用語。

有回到香港著名的燒鵝店「鏞記」用餐,打開菜單,看了半天,禮雲子琵琶蝦、禮雲子粉果,不知究竟為何物。書上寫:禮雲子便是蟛蜞子,是珠江三角洲特產。還是不懂,吃下肚後我向朋友結論道:「嗯,味道像蟹黃、蟹膏和鹹鴨蛋黃的綜合。」原來,吃和語言一樣,兩者皆有文化差異。

然而,隨著兩岸交流頻繁,用語也日漸融合,有一天可能不再有所謂的台灣用語、大陸用語之分。

我的書在出簡體版之前,通常要花許多工夫把一些詞句修改成大陸用法。像我這本書在大陸推出時,編輯會要求我把「英文」改成「英語」,「生字、單字」改成「單詞」。畢竟是給大陸讀者看的,總要讓人看得習慣嘛!

周潤發口中的過山車,其實就是驚險刺激,很多人都玩過的「雲霄飛車」(roller coaster)。

如果沒有仔細聽清楚,只聽了一半的話,那就會變成「杯墊」(coaster)。

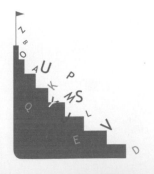

》譯者辛苦無人知

諾貝爾文學獎名單揭曉，當晚報社主編打電話到家裡，急急切切交代，請我幫忙趕譯新科得主奈波爾（V.S. Naipaul）著作《在信徒的國度》其中一頁。

我抬頭看了一眼壁上的掛鐘，時針剛好指著八點鐘整。問道：「妳要我譯幾個字？幾點鐘要譯好？」

「五百個字就行了，九點鐘傳到報社給我。」

五百個字！我忍不住驚呼出聲：「這……這怎麼可能？」

「可能，可能，當然可能。誰不知道妳是翻譯快手，一本書只要一個月就能譯好。」

這篇文章敘述巴基斯坦的地理環境，短短的一頁，有個字眼「salt mountain」，望文生義，有人可能會譯成「鹽山」，而我在奧地利的確看過鹽山，即含鹽份的山丘，一塊塊挖出來可以當鹽巴炒菜。可是，我在美國也見過「乾涸的河流」(salt river)。到底是鹽？非鹽？天啊！我該如何是

躺著學英文 ❷

好？

　　我沒有去過中亞一帶，與我的巴基斯坦同學也早失去了連繫，因而對奈波爾的文章背景無從深入了解，而且我根本沒讀過那本書。

　　主編要我在一個鐘頭內譯出五百個字，而時鐘滴答滴答，過了半個小時，我連開頭的兩個字都譯不出，愣在那兒，不知如何是好。

　　一個月譯好一本書，是從我動筆那天算起。但在此之前，我已作好多項準備工夫。

　　依向來的作法，一本書在動筆翻譯前，我總是會到現場去感受作品背景的氣氛。那年秋涼時節去北京，就為了看一眼《林徽音與梁思成》這對中國建築伴侶當年極力搶救的北京古城牆是何模樣；或到巴黎體驗海明威筆下《流動的饗宴》，挑一家海明威當年寫作的咖啡館，坐下來喝杯飲料（我不喝咖啡）。

　　我譯得好不好，讀者自有評斷。但我總是挑我自己喜愛的書來翻譯，自己推薦給出版社，而且賦予極大的熱情，如同對待深愛的人，而不只是當成一件 job，做了交差，領了稿費就跑。

　　眼看著鼓聲愈催愈促，到最後，「salt mountain」這個字，幾經推敲，我決定譯「不毛之山」。如果有人認為我譯

錯了，我也願意謝罪。

　　當晚，好不容易在九點半譯好全文，卻又因電腦出了點狀況，幾番折騰，終於在十點鐘把稿子 e 出去。朋友在編輯檯上已等得快要跳腳，報紙版面留了一角的空白，等我的稿子去填滿它。

　　五百個字，弄得我一晚上忙亂。第二天一早，翻開各大報副刊一看，每家都是刊載同一出版社提供的同一份現成稿子，唯獨自由時報刊出那麼一小篇不一樣的、全新翻譯的奈波爾。從朋友口氣裡可以聽出，她對自己的「獨家」頗感滿意，看在譯者眼裡，自是感到欣慰。

　　為何翻譯機至今仍不能取代譯者？那就是人勝於機器。一旦機器懂得思考，能力勝於人時，所有的譯者都要失業了。大家也不必學英文，隨身帶著翻譯發聲器，當我們見到英語人士時，我們講的國語會自動轉換成英語，或對方的發聲器自動轉換成國語，從此以後，世界就是一家。

　　然而，在此之前，譯者依然扮演著溝通者的角色，為不同語文人士之間搭起橋樑。

躺著學英文❷

》亂世佳人流血了

翻譯其實比寫作還難。可是不知為什麼,在一般人的印象中,譯者似乎只要吃飽飯,在書桌前坐下來就可以開始翻譯了。

雖然寫作需要有才氣、有靈感,可是作家只寫自己懂的主題,而翻譯則不然。每進行新的一頁時,譯者往往提心吊膽,不知眼前會出現什麼「料想不到」的字眼。沒有一個譯者敢自稱什麼都懂。

很多人以為,懂得ＡＢＣ就可以來翻譯,連有些譯者自己都這麼認為。還有人以為,小留學生這麼多,可以找他們來作翻譯,問題是,他們的英文雖然好,中文可不見得。

事實上,翻譯牽涉到許多文化背景的問題,若非平常多涉獵,或勤於查閱的話,鬧出「亂世佳人流血了」的情形可不少。

前陣子,看到報上刊載:「《血紅》電視影集在美國上映,收視率不錯。」

　　我心裡想，這下可好，後人閒著無聊才會想到狗尾續貂，找作家續寫名著不打緊，還添加現代的暴力鏡頭，甚至還「血流遍地」呢。

　　當年，《飄》（*Gone with the Wind*）這部名著改編電影，到了台灣片商改為《亂世佳人》，它的續集《*Scarlet*》其實就是女主角的名字「思嘉」。不管譯成《亂世佳人續集》、《飄續集》或《思嘉》，都交代得過去，唯獨照字面意譯成《血紅》，讓人摸不著頭腦。亂世佳人若現身的話，恐怕要去驗驗傷口。我又想到，會不會有人自作聰明，把它譯成「猩紅熱」（Scarlet Fever）？

　　台灣翻譯界以訛傳訛的例子不少。前些時候，有本書提到紐西蘭英語及美國英語的不同，特別舉了一個單字為例：「Hamilton」。作者說：在美國，大家都唸「漢彌爾頓」，可是紐西蘭人的發音就是「漢莫屯」。然而，如果在美國待過的人便明白，這個字本來就唸「漢莫屯」，但台灣坊間的譯書或平面媒體都譯成「漢彌爾頓」。只怪當初不知是誰先帶頭譯的。

　　有時候，翻譯界倒是挺團結的，大家一起錯到底。如果前人的譯法是錯的，難道我們還要一直錯下去？

躺著學英文 **2**

》約定俗成 vs.
將錯就錯

翻譯這件事，究竟孰是孰非，有時很難斷定。

如果仔細翻閱台灣報紙的話，你會發現，國內兩大報在譯名上沒有統一，有時甚至各持己見。於是，英國在同一時期內，出現了兩位女首相：柴契爾夫人和佘契爾夫人。

人名英譯中，由來已久的發音錯誤尚有：

「查理王子」應是「查爾斯王子」（Prince Charles）；「南茜」應是「南西」（Nancy）；「巴哈」以德文發音則是「巴赫」（Bach），誰叫他是德國人呢。

「路薏絲」（Louise）和「路易」（Louis），這兩字的發音有別。

Mojave 是加州的沙漠，很多人把它譯成「摩加維」，但實際上，加州曾是墨西哥的屬地，不少地名仍沿用西班牙文，這個地方應依其發音「摩哈維」，才是正確的。

當年，徐志摩詩文中提及的「翡冷翠」（Firenze），是根據義大利語的發音，如今我們說慣了的「佛羅倫斯」

（Florence），則從英文而來，不明就裡者，還以為這是兩個不同的地方呢！

　　大陸和台灣之間，也發生同名雙譯的例子，如「雷射光」與「激光」；「番茄」與「西紅柿」；「馬鈴薯」與「土豆」；「錄影機」與「錄像機」；「貨櫃」與「集裝箱」；「軟體」與「軟件」等等。連清華大學的簡稱，大陸稱「清華」，台灣叫「清大」。

　　約定成俗，如果某個字已有固定的譯法，譯者就不要再自創新的，如電影明星「費雯麗」（Vivian Leigh），可別譯成「李薇安」；音樂家「海頓」（Haydn），不要再譯成「海登」；或「蕭邦」（Chopin）譯成「蕭冰」，將鼎鼎大名的人物變成無名小卒。

　　然而，如果因為別人先譯錯，而要求後人「將錯就錯」的話，那就更不可思「譯」。

　　當譯者為一個地方或一個人下譯名時，如果以前沒有人譯過，這時便需多加審慎。因為始作俑者，可能成為後人沿用，而且這一用可能就是幾百年。

躺著學英文❷

》什麼人可以
當翻譯

對於「英翻中」這門行業，有些人以為，只要英文程度好就夠了。

最近還曾聽人說，如今回國的ABC（美國出生長大的華人）這麼多，不愁找不到翻譯人材。這便是所謂「翻譯的迷思」！

作翻譯，尤其是筆譯，首先要考慮到讀者。

這本書究竟是給什麼樣的讀者來看，如童書和成人書的筆調本來就不同，倘若寫得嚴肅又艱深，叫孩子看不明白，有何意義呢？

同時，除了特殊文學書，翻譯書都應該使用通順流暢的白話文，不然有多少讀者看得懂呢？作家莊裕安嗜書如命，像他這樣大量閱讀者，仍有感而發地說：「最不想讀的，就是那些被譯壞了的書。」

文學是沒有國界的，而語言則有國界，所以需要譯者來搭橋樑。

　　想要成為一名優秀的譯者，中文程度一定要達到相當的水準，一個ABC從小接受足夠的中文薰陶，就夠格當譯者；否則，雖然英文他們都很懂，卻拿不出合適的中文字句來表達。

　　口譯也是同樣的道理。有回，我參加一場世界級建築師的演講，現場由他的台灣學生負責口譯。照理說，這樣的安排絕對理想。沒料到，這位口譯者雖然對建築十分精通，可惜去國多年，一時想不起中文該怎麼說。所以，不時聽見他以「英語翻譯英語」，聽眾只好靠自己想辦法理解了。

　　清末民初翻譯家林琴南對外文幾乎一竅不通，卻能依賴幾個留學生口述給他聽，將一本本世界名著譯成優美的文言文，供國人閱讀。由此可見，中文素養非常重要。

　　連中文都弄不好的人，英文再高竿，也不能來搞「英譯中」這一行。

　　同時，語言不斷地在演進，一個長年隱居的譯者，不經常接觸各種媒體，在語言的認識上，自然跟不上時代，如「購物中心」（mall），這英文另有「林蔭大道」之意，我卻見過一位大陸譯者弄不清楚。原來，他一直隱居鄉間，從沒見過也沒聽過購物中心。

　　譯者最好是雜家，各方面都有所涉獵。有回演講現場，一聽到「Marlene Dietrich」，口譯員不識這位已故德國女明

星，弄不清這究竟是人名、地名或其他，只好一語帶過。

最近我買了一張DVD《大國民》（*Citizen Kane*），這部號稱有史以來最偉大的電影，外殼封套上的文案印著：「影射美國最大報閥——威廉倫道夫。」奇怪，既然是美國最大報閥，我怎麼連聽都沒聽過他的名字！

於是我上網查，原來這位報閥是赫赫有名的「赫斯特」（William Randolph Hearst），翻譯竟漏了最重要的部分——他的姓。

香港作家西西把詩比擬成夜鶯，而譯者在文字轉換過程中，難免誤傷了其甜美的音色。她在《傳聲筒》的序言裡說：「面對遭毒啞了的夜鶯，總比完全沒見到的好。」可惜，很多譯者根本沒想到，他就是那個殘害夜鶯的人。

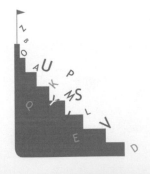

》 音譯或意譯

關於英文名詞的翻譯，究竟該採意譯或音譯，這問題實在讓人傷腦筋。

如果任何字都可以音譯，連字典都不必查，翻譯便是本少利多的行業。意譯或音譯，哪個才正確呢？視情況而定。

如果字面本身有其意義，當然要譯出其意思來。有一本旅遊書上提到亨利摩爾的名畫：描繪一九四○年代在「伯利茲」期間的生活寫照。伯利茲──人名？地名？抑或其他？

實際上，「Blitz」這個字關乎二次大戰史，指德軍猛烈轟炸倫敦的「閃電戰」或「閃電攻擊戰」，不是人名也非地名。

「西敏寺」（Westminster Abbey）──曾在某本書上看到，將它譯成「威斯特明斯特」。美國「西維吉尼亞州」（West Virginia），若照這種譯法，不就成了「威斯特維吉尼亞」，失去它原來位置在西邊的事實。

海明威曾經住過的「西礁島」（Key West），有人照音

躺著學英文 2

譯成「基韋斯特」，也忽略了地理位置。而當地島嶼眾多，攤開地圖，北有「上礁島」（High Key），南有「下礁島」（Low Key），若是音譯成「海基」、「羅基」，那就更不知所云。

薩伐旅（Safari）——第一次是在作家劉大任的文章裡看到「薩伐旅」的譯法，覺得非常貼切，這回他是音譯，字典上的註解「非洲狩獵旅行隊」，反而不夠簡潔。如今「薩伐旅」這個字雖未普遍使用，但我相信，透過媒體傳播的作用，漸漸便會約定俗成。

英文翻譯還有個問題，即碰上了非英語情況。我曾經審訂過一本小說，以德國為背景，文中用了許多「街」（Strasse）、「車站」（Bahnhof）和動物園（Tiergarten），然因譯者不懂德文，直接照音譯，於是出現了「史特拉斯」、「班霍夫」和「提爾加登」，讓人不知所云。

德國大城市「法蘭克福」（Frankfurt am Mine），英國莎翁的故鄉「斯特拉福」（Stratford-upon-Avon），這兩個字的後面另有其意，通常不必翻譯，但就是不能隨便音譯；法蘭克福傍美因河（am Mine），斯特拉福則濱臨雅芳河（upon Avon）。

很多譯者的最大通病，在碰到不懂的字眼時，懶得認真去查證，以至於乾脆「音譯」算了。一本電影書籍裡介紹

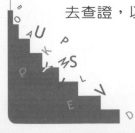

《黑獄亡魂》(*The Third Man*),這部以二次大戰時期的維也納為背景,改編自葛林(Graham Greene)的小說,提到「摩天輪」(Ferris wheel),譯者居然把它譯成「費理斯輪胎」。其實Ferris 是人名,他就是摩天輪的發明者。

翻譯說難不難,但麻煩不少,下筆豈能不慎重!

Chap.5 讀者留言版

→ 在成寒網站裡有塊「留言版」,
→ 中文繁簡體互通,
→ 天天都有全球各地的讀者來貼版。
→ 有的提問題,有的則是發表他們的感想。
→ 其中有些留言,可能是你一直想問卻還來不及提的,
→ 也可能是你想發表的心得。
→ 「留言版」的園地是公開的,
→ 留言的人可以隱姓埋名,
→ 歡迎每一個讀者寫下心裡的話。

》 聽有聲書有感

作者：達達 (---.3-25.pl.apol.com.tw)

日期：02/12/19 00:57

　　在聽有聲書（在美國買的）時，由於沒有書本對照，有些實在聽不清或聽不懂，況且就算有書本也不可能全買，太傷本錢。請問妳是如何解決這樣的情況？

　　聽有聲書真的很舒服，我還聽電影，聽著聽著竟會融入情境中，這可是我以前從未有的感覺。尤其我喜歡黑人的聲音，很有磁性，例如演員摩根費里曼，總之，謝謝妳的不藏私精神。

Re: 關於有聲書的問題

作者：成寒 (---.dialup.seed.net.tw)

日期：02/12/19 07:27

　　在美國買有聲書（Audio Book），你可以同時買原文書。

　　十月初，我在美國買了史蒂芬‧金新著《*From a Buick 8*》，順便也把厚厚的精裝原文書買回來。如今，有聲書已聽完，但原書卻未翻過一頁，因為 Stephen King 的書生字不多，很容易聽懂。

　　另外，我還買了一套譚恩美《接骨師的女兒》（*The Bonesetter's Daughter*）、電影改編小說《雨人》（*Rain Man*），都沒有買原文書。

　　其實，英文只要學到一定的程度，有些生字可以從上下文推敲出來，照樣聽得懂整個故事。而且，我聽完《雨人》，不知不覺中，就把原來不認識的「自閉症患者」（autistic）這個字記下，沒有查過字典。尤其是介系詞，光看文法書我老是記不住，只有多聽才是辦法。

　　我很高興，你能夠把英文拿來當娛樂，相信許多讀者都很羨慕你，希望很快能跟你一樣。

Re: 關於有聲書的問題

作者：Vivian (---.HINET-IP.hinet.net)

日期：　02/12/20 00:18

　　真巧！我最近也剛聽完《雨人》，只不過我聽的是改寫版，也學到「autistic」這個字。這個故事好感人！

　　聽有聲書真是種享受，謝謝成寒不斷鼓勵我們聽有聲

躺著學英文❷

書，雖然它不便宜（我身邊沒多少錢），我當它是種享受，自我投資！再說為了學好英文，我想一切花費是值得的！

　　這是我個人的看法也給自己一些鼓舞！希望很快我也能聽沒改寫的有聲書，那一定會更來勁！

》學英文
遇到的困難

學英文遇到的困難

作者: Jill (---.HINET-IP.hinet.net)

日期: 02/08/17 15:44

Dear 成寒：

　　謝謝妳出這本《躺著學英文》，我已經買了，也全看完了!!^^b 妳的書真滴寫的粉棒哦~^o^

　　我有照著方法做（一直聽……），雖然聽力進步粉多，可是托福還有考文法、作文、閱讀……。且妳在書上說，聽久就會了，可是當我在做托福考古題練習時，還是粉多不會ㄋㄟ，什咪倒裝句……，還是我聽的教材都比較生活化的關係??^^ll

　　還有令我頭痛的單字，托福的單字都用粉長的來代替簡單的，我有背可是常常容易忘記ㄟ~ 不知該怎咪辦@_@ 感覺像「英文文盲」。我現在要升高三，想請問如果平常上課，該如何保持以前的全英文環境呢??還有美國的學校除了

躺著學英文 ❷

看托福成績外，還要再看什咪其他的成績嘛??

　　我目前正在因為以上的困難煩惱著，but還是謝謝妳的書讓我英文聽力&會話提昇許多!!^0^　希望妳可以幫幫我!! Thank you~^0^

Re: 學英文遇到的困難

作者: 成寒 (---.adsl.seed.net.tw)

日期：　02/08/17 17:40

　　英文聽多了，這時候可以找文法書來看看，自己作測驗練習。

　　我在《躺著學英文》第一集提到，英文聽久了，文法自然就會通。但那要聽許多有聲教材，並不是少少幾套就可以打天下。另外，生活化的教材，文法比較簡單。多聽文法較複雜的文章及小說，以涉獵知識的態度去閱讀英文書刊，如同看中文，要看很多不同的題材。

　　單字一開始先背短的，然後慢慢背長的，這工夫省略不得。每天一定要強迫自己，至少要唸英文一個鐘頭，否則很難有進步。學英文，說沒時間是騙人的。只要一心想學，就要把握所有可以抓住的任何時間，即使僅短短幾分鐘也可以利用，積少成多。

　　申請美國大學的最重要條件不在托福，而在GPA（總平均成績）。

靈異怪談——搭便車客

字彙量：2000

→　這齣廣播劇，一共有十九段。

→　你可以配合書中所附CD一口氣聽完，也可分段來聽。

→　最後作填空測驗，看看自己的聽力程度如何。

→　記住，先聽幾遍，再對照原文。

》搭便車客
The Hitchhiker

第66號公路

＊第一組填空測驗：

I'm in an auto camp on Route 66 just west of Gallup, New Mexico. If I tell it, perhaps it will help me...keep me from going, going crazy. But I got to tell this quickly. I am not crazy now; I feel　（　1.　）　well, except that I am running a　（　2.　）　（　3.　）.

＊第66號公路標誌

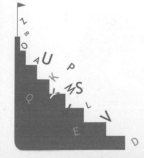

＊ 第66號公路

My name is Ronald Adams. I'm（　4.　）years of age,（　5.　）, tall, dark, with a black（　6.　）. I drive a 1940 Buick,（　7.　）number 6Y175189. I was born in Brooklyn. All this I know.

I know that I'm at this moment perfectly（　8.　）, that it's not me who's gone mad but something else- something（　9.　）beyond my control. I've got to speak quickly. At any minute the（　10.　）may break. This may be the last thing I ever tell on earth, the last night I ever see the（　11.　）.

＊第一組測驗解答：

1. perfectly 2. slight 3. temperature 4. thirty-six
5. unmarried 6. moustache 7. license 8. sane 9. utterly

10. link 11. stars

內文提示：

1. auto camp：汽車營區。供長途開車者休息過夜的地方，有衛浴等各項設施。

2. Route 66：第66號公路，又稱 Highway 66。這條幾乎橫跨美國東西兩岸的公路，長達2,400哩，在1920-60年代，沒有高速公路以前，第66號公路是美國人的汽車旅行要道。

3. keep me from：使我免於。

4. I am running a slight temperature：我有點發燒。

5. license number：汽車牌照號碼。

6. beyond my control：我無法支配、我無力控制。

7. the last night：最後一夜。last night：昨晚。

從紐約啟程

＊第二組填空測驗：

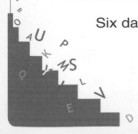

Six days ago I left Brooklyn to drive to California.

亞當斯之母："Goodbye, Son. Good luck to you, my boy."

亞當斯："Goodbye, Mother. Here, give me a （　1.　） and then I'll go."

亞當斯之母："I'll come out with you to the car."

亞當斯："Oh, no, it's （　2.　）. Stay here at the door. Hey, what's this, （　3.　）? I thought you promised me you wouldn't cry."

亞當斯之母："Oh, I know dear. I am sorry. But I - I - do hate to see you go."

亞當斯：Mother, I'll be back. It'll only be on the coast three months.

亞當斯之母："Oh, it isn't that. It's just the （　4.　）, Ronald. I wish you weren't driving."

亞當斯："Oh, Mother. There you go again. People do it every day."

亞當斯之母："I know. But you'll be careful, won't you? Promise me you'll be （　5.　） careful. Don't fall asleep, or drive fast, or pick up any （　6.　） on the road."

亞當斯："Oh gosh! You'd think I was still （　7.　）, to hear you talk."

亞當斯之母："And （　8.　） me as soon as you get to

躺著學英文 ❷

Hollywood, won't you, son? "

亞當斯："Of course I will. Don't you worry; there isn't anything going to happen. It's just (9.) days of perfectly simple driving on smooth, decent, (10.) roads, with a hot dog or a hamburger (11.) every ten miles."

✽ 第二組測驗解答：

1. kiss 2. raining 3. tears 4. trip 5. extra 6. strangers
7. seventeen 8. wire 9. eight 10. civilized 11. stand

內文提示：

1. I thought you promised me you wouldn't cry.： 我以為妳答應過我不哭了（假設語氣，實際上她已經哭了）。

2. on the coast：因加州在美國西岸（west coast）。

3. I wish you weren't driving.：但願你不開車去（假設語氣，實際上他已決定開車去，這行動不會改變的）。

4. There you go again.：妳又來了！

5. wire：(v.) 打電報。因為那年頭還沒有手機、直撥公用電話。

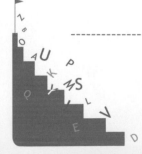

跨過布魯克林大橋

＊第三組填空測驗：

I was in fine （ 1. ）. The drive ahead of me, even the （ 2. ）, seemed like a （ 3. ）. But I （ 4. ） without him.

Crossing Brooklyn Bridge that morning in the rain, I saw a man leaning against the （ 5. ）. He seemed to be waiting for a （ 6. ）. There were spots of fresh rain on his shoulders. He was carrying a cheap, （ 7. ） bag in one hand. He was thin, （ 8. ）, with a cap pulled down over his eyes.

I would have forgotten him completely except that just an hour later, while crossing the Pulaski Skyway over the Jersey Flats, I saw him again. At least he looked like the same person. He was standing now with one （ 9. ） pointing west.

I couldn't figure out how he'd got there, but I thought probably one of those fast trucks had picked him up, （ 10. ） me to the Skyway, and let him off. I - I didn't

＊布魯克林大橋

stop for him.

Then late that night, I saw him again.

It was on the new Pennsylvania （　11.　） between Harrisburg and Pittsburgh. It's 265 miles long with a very high speed （　12.　） . I was just slowing down for one of the tunnels when I saw him standing under an arclight by the side of the road. I could see him quite （　13.　） : the bag, the cap, even the spots of fresh rain spattered over his shoulders.

He helloed at me this time.

搭便車男："Hello-o-o. Hello-o-o!"

I stepped on the gas like a （　14.　） . It's lonely country through the Alleghenies, and I had no intention of stopping. Besides, the (　　15.　　), or whatever it was, gave me the (　16.　). I stopped at the next gas station.

＊第三組測驗解答：

1. spirits 2. loneliness 3. lark 4. reckoned 5. cables 6. lift
7. overnight 8. nondescript 9. thumb 10. beaten
11. Turnpike 12. limit 13. distinctly 14. shot
15. coincidences 16. willies

內文提示：

1. But I reckoned without him. ：但他並不在我意料之中。
2. cable：(n.) 鋼索、巨纜。紐約布魯克林大橋兩側是由一根根鋼索建構而成的。
3. lift：(n.) 搭便車。
4. spot：(n.) 污跡、污漬。
5. nondescript：(adj.) 無明顯特徵的。
6. Pulaski Skyway：turnpike、freeway、tollway皆指高速公路，但highway是一般公路。
7. one thumb pointing west：豎起一根姆指朝西方。在美國想搭便車的人都是如此做法。
8. beaten me：超車、趕過我。

躺著學英文 **2**

9. high speed limit：高速限。

10. distinctly：(adv.) 清楚地。

11. I stepped on the gas like a shot. 我踩油門像射槍似的衝出去。

12. gave me the willies：使我不寒而慄。

加油站

＊第四組填空測驗：

加油站服務生："Yes, sir."

亞當斯："Fill'er up."

加油站服務生："Certainly, sir. Check your oil, sir?"

亞當斯："No, thanks."

加油站服務生："Nice night, isn't it?"

亞當斯："Yes. It hasn't been raining here （　1.　）, has it?"

加油站服務生："Not a drop of rain all week."

亞當斯："Oh, I suppose that hasn't done your business any （　2.　）?"

加油站服務生："Oh, people drive through here all kinds of (3.). Mostly business, you know. There aren't many (4.) cars out on the turnpike this season of the year."

亞當斯："I suppose not. What, uh, uh, what about (5.) ?"

加油站服務生："Hitchhikers? Here?"

亞當斯："What's the matter? Don't you ever see any?"

加油站服務生："Not much. If we did, it'd be a sight for (6.) eyes."

亞當斯："Why?"

加油站服務生："A guy'd be a fool who started out to hitch (7.) on this road. Look at it!"

亞當斯："Then, you've never seen anybody?"

加油站服務生："No, maybe they get the lift before the turn-pike starts. I mean, you know, just before the toll-house. But then it'd be a mighty long ride. Most cars wouldn't want to pick up a guy for that long a ride. You know this is pretty lonesome country here — mountains and woods. You ain't seen anybody like that, have you?"

亞當斯："Oh, no, not at all. It's just a technical question."

加油站服務生："Oh, I see. Well, that'll be just a dollar forty-nine, with the (8.) ."

躺著學英文 ②

＊第四組測驗解答：

1. recently　2. harm　3. weather　4. pleasure　5. hitchhikers
6. sore　7. rides　8. tax

內文提示：

1. a sight for sore eyes：令人大飽眼福。
2. toll-house：收費站。

他站在那兒

＊第五組填空測驗：

　　The thing gradually passed through my mind as（　1.　）
coincidence. I had a good night's sleep in Pittsburgh. I didn't
think about the man all next day until, just outside of
Zanesville, Ohio. I saw him again. It was a bright sunshiny
afternoon. The peaceful Ohio（　2.　）, brown with the
autumn（　3.　）, lay（　4.　）in the golden light. I was
driving slowly, drinking it in, when the road suddenly ended in

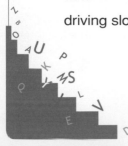

a （　5.　）. In front of the （　6.　）, he was standing...

＊第五組測驗解答：

1. sheer 2. fields 3. stubble 4. gleaming 5. detour
6. barrier

內文提示：

1. sheer coincidence：完全巧合。

2. stubble：(n.) 麥田殘株。

3. detour：(n.) 繞道而行。

4. barrier：(n.) 路障。

他向我打招呼

＊第六組填空測驗：

Let me explain about his （　1.　） before I go on. I repeat: there was nothing （　2.　） about him. He was as （　3.　） as a mud fence, nor was his attitude （　4.　）. He merely stood there waiting, almost （　5.　） a little,

the cheap overnight bag in his hand. He looked as though he'd been waiting there for hours and he looked up. He hailed me. He started to walk forward.

搭便車男："Hello-o-o. Hello-o-o! Hello-o-o!"

亞當斯："No, not just now. Sorry."

搭便車男："Going to California?"

亞當斯："No, not today. The other way. I'm going to New York. Sorry!"

＊第六組測驗解答：

1. appearance 2. sinister 3. drab 4. menacing
5. drooping

內文提示：

1. sinister：(adj.) 邪惡的。
2. drab：(adj.) 單調的、土黃色的。
3. menacing：(adj.) 威脅的、危險的。
4. drooping：(adj.) 垂頭喪氣的。

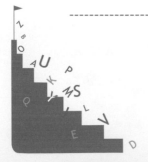

孤單的感覺

*第七組填空測驗：

After I got the car back on the road again, I felt like a fool. Yet the thought of picking him up, of having him sit beside me, was somehow （　1.　）. At the same time I felt, more than ever, （　2.　） alone.

Hour after hour went by. The fields, the towns （　3.　） off one by one. The light changed. I knew now that I was going to see him again, and though I （　4.　） the sight, I caught myself searching the side of the road, waiting for him to appear.

*第七組測驗解答：

1. unbearable　2. unspeakably　3. ticked　4. dreaded

內文提示：

1. unbearable：(adj.) 難以忍受的。
2. unspeakably：(adv.) 無法形容地、極度地。
3. dread：(v.) 懼怕。

躺著學英文 **2**

路邊小攤

＊第八組填空測驗：

小店老闆："Yeah. What is it? What do you want?"

亞當斯："You sell sandwiches and （　1.　） here, don't you?"

小店老闆："Yeah, we do in the daytime. But we're closed up now for the night."

亞當斯："I know, but I was wondering if you could possibly let me have a cup of coffee. Black coffee, just..."

小店老闆："Not at this time of night, mister. My wife's the （　2.　） and she's in bed."

亞當斯："Don't shut the door, please. Listen, just a minute ago, just a minute ago, there was a man standing here, right beside the stand － a （　3.　） man. I don't mean to disturb you, but you see, I was driving along when I just happened to look, and there he was."

小店老闆："What was he doing?"

亞當斯："Well, nothing."

小店老闆："You've been taking a （　4.　）. That's what you've been doing. Now on your way before I call out Sheriff Polks."

＊第八組測驗解答：

1. pop 2. cook 3. suspicious - looking 4. nip

內文提示：

1. pop：(n.) 不含酒精的飲料。pop soda：汽水。
2. take a nip：喝了酒。

如果再看到他

＊第九組填空測驗：

I got into the car again and drove on slowly. I was beginning to hate the car, if I could've found a place to stop, to rest a little.

I was in the Ozark Mountains of Missouri now. The few resort places there were closed; only an occasional log

cabin, seemingly （ 1. ）. That's all that broke the monotony of the wild, wooded （ 2. ）. I had seen him at that roadside stand. I knew I'd see him again, maybe at the next turn of the road. I knew that when I saw him （ 3. ）, I would run him down.

＊第九組測驗解答：

1. deserted 2. landscape 3. next

內文提示：

1. run him down：撞死他。

火車通過平交道

＊第十組填空測驗：

But I didn't see him again. I didn't see him until late next afternoon.

I'd stopped the car at a sleepy little （ 1. ） – just across the （ 2. ） into Oklahoma, to let a train pass by

- when he appeared across the (3.), leaning against a (4.) pole.

It was a perfectly (5.), dry day. The red (6.) of Oklahoma was baking under the (7.) sun, yet there were spots of fresh rain on his shoulders. I couldn't stand there!

Without thinking, blindly, I started the car across the tracks. He didn't even look up at me; he was staring at the ground. I stepped on the gas hard, veering the wheel (8.) toward him. I could hear the train in the distance now, but I didn't care.

Then, something went wrong with the car. The train was coming closer. I could hear its bell ringing and the cry of its (9.). Still he stood there.

And now I knew that he was beckoning, beckoning me to my death.

＊第十組測驗解答：

1. junction 2. border 3. tracks 4. telephone 5. airless
6. clay 7. southwestern 8. sharply 9. whistle

內文提示：

1. junction：(n.) 道路、鐵路的交接點。

2. veer the wheel：把車子轉過去。

3. beckon：(v.) 召喚。

熱天午後

＊第十一組填空測驗：

Well, I （　1.　） him that time. The starter worked at last. I managed to back up. Then the train passed. He was gone. I was all （　2.　） in the hot, dry afternoon.

After that I knew I had to do something. I didn't know who this man was or what he wanted of me. I only knew that from now （　3.　）, I mustn't let myself alone on the road for one minute.

＊第十一組測驗解答：

1. frustrated 2. alone 3. on

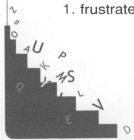

內文提示：

1. back up：倒車。
2. from now on：從現在開始。

搭便車的女孩

＊第十二組填空測驗：

亞當斯："Hello there. Like a ride?"

搭便車女："What do you think? How far are you going?"

亞當斯："Where do you want to go?"

搭便車女："Amarillo, Texas."

亞當斯："I'll drive you there."

搭便車女："Gee! You mind if I take off my shoes? My dogs are killing me..."

亞當斯: "Go right ahead."

搭便車女："Oh, gee, what a　（　1.　）　this is -"

亞當斯: "You hitchhike much?"

搭便車女："Sure. Only it's tough sometimes in these great open spaces to get the breaks."

躺著學英文 **2**

亞當斯："Yeah, I should think it would be, though I'll bet you get a good pickup in a fast car. if you did, you could get to places faster than, say, another person in another car, couldn't you?"

搭便車女："I don't get you."

亞當斯："Well, take me for （　2.　）. Suppose I'm driving across the country, say, at a nice steady clip of about （ 3.　） miles an hour. Couldn't, couldn't a girl like you, just standing beside the road waiting for lifts, （　4.　） me to town, or any town, perhaps she got picked up every time in a car doing from （　5.　） to （　6.　） miles an hour?"

搭便車女："I don't know. What difference does it make?"

亞當斯："Oh, no difference. It's just a crazy idea I had sitting here in the car."

搭便車女："Oh, ha, ha, imagine spending your time in a swell car thinkin' of things like that."

亞當斯："What would you do （　7.　）?"

搭便車女："What would I do? If I were a good-lookin' fellow like yourself, why, I'd just enjoy myself every minute of the time. I'd sit back and relax, and if I saw a good-lookin' girl along the side of the road... Hey! Look out!"

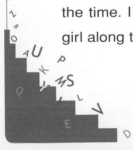

亞當斯："Did you see him, too?"

搭便車女："See who?"

亞當斯："That man standing beside the (　8.　) fence!"

搭便車女："I didn't see anybody. It was nothin' but a bunch of (　9.　) and the wire fence.

亞當斯："No?"

搭便車女：What'd you think you was doin' tryin' to run into the barbed-wire fence?"

亞當斯："There was a man there, I tell you! A thin, gray man with an overnight bag in his hand. Uh, I, I was trying to run him down."

搭便車女："Run him down? You mean kill him?"

亞當斯："So you didn't see him back there. You sure?"

搭便車女："I didn't see a (　10.　). And as far as that's concerned..."

亞當斯："Watch for him the next time and keep watching. Keep your eyes (　11.　) on the road. He'll turn up again. Maybe any minute now. There! Look there!"

＊第十二組測驗解答：

1. break　2. instance　3. forty-five　4. beat　5. sixty-five

躺著學英文 ②

6. seventy 7. instead 8. barbed-wire 9. cows 10. soul

11. peeled

內文提示：

1. like a ride：想搭便車嗎？

2. break：(n.) 突如其來的好運氣。

3. I don't get you.：我不懂你的話。

4. take me for instance：拿我來說吧。

5. What difference does it make?：那有什麼差別？

6. swell：(adj.) 時髦的。

7. What would you do instead?：如果換作妳呢？

8. barbed-wire fence：鐵絲網。

9. Keep one's eyes peeled：留神

（粉紅象）

＊第十三組填空測驗：

搭便車女："Uh, how does this door work? I'm gettin' outta here."

亞當斯："Did you see him that time?"

搭便車女："No, no, I didn't see him that time and （　1.　），mister. I don't expect never to see him. All I want to do is go on living. I don't see how I will live very long, driving with you."

亞當斯："Oh, I'm sorry. I didn't, I - I don't know what came over me. Please, don't go."

搭便車女："So, if you'll excuse me."

亞當斯："You can't go. Listen, how would you like to go to California? I'll drive you to California."

搭便車女："Seein' （　2.　） all the way? No, Uh-uh, thanks just the same."

亞當斯："Listen, please, just - just one minute. Please."

搭便車女："You know what I think you need, big boy, not a girlfriend, just a good （　3.　） of sleep.

亞當斯:"Please!"

搭便車女："There, I got it now."

亞當斯："No, you can't go! Please, come back."

搭便車女："Get your hands off me, do you hear? Get your hands off!"

躺著學英文 ❷

＊第十三組測驗解答：

1. personally 2. pink elephants 3. dose

內文提示：

1. I don't know what came over me.：我不知道自己究竟
   是怎麼回事。
2. See pink elephants：因酒醉而頭昏眼花。
3. a good dose of sleep：好好睡一覺。

來到德州中部

＊第十四組填空測驗：

She ran from me as though I were a (1.   ) .

A few minutes later, I saw a passing truck pick her up.
I knew then that I was (2.   ) alone.

I was in the heart of the great Texas (3.   ) .
There wasn't a car on the road after the truck went by.
Tried to figure out what to do, how to get hold of myself. If I

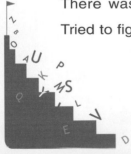

could find a place to rest or even if I could sleep right here in the car - for a few hours, along the side of the road.

　　I was getting my winter　（　4.　）　out of the back seat to use as a　（　5.　）　when I saw him coming toward me - emerging from the herd of moving　（　6.　）.

　　搭便車男：Hellooo. Hellooo.

＊第十四組測驗解答：

1. monster　2. utterly　3. prairies　4. overcoat　5. blanket
6. steers

內文提示：

　1. as though：活像……
　2. steer：(n.) 小公牛。

在汽車營區停留

＊第十五組填空測驗：

　　Maybe I should have spoken to him then. Fought it out

then and there. And now he began to be （　1.　）. Whenever I stopped even for a moment - for gas, for oil, for a drink of pop, a cup of coffee, a sandwich - he was there.

I saw him standing outside the auto camp in Amarillo that night when I dared to slow down. He was sitting near the drinking （　2.　） at a little camping spot just inside the border of New Mexico.

He was waiting for me outside the Navajo reservation where I stopped to （　3.　） my tires. I saw him in Albuquerque when I bought twenty （　4.　） of gas. I was, I was afraid to stop. I began to drive faster and faster.

I was in （　5.　） landscape now, the great, arid （　6.　） country of New Mexico. I drove through it with

＊ 納瓦荷印第安保留區──紀念谷

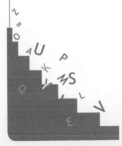

the (7.) of a fly crawling over the face of the moon. And now he didn't even wait for me to stop, unless I drove at eighty-five miles an hour over those endless roads. He waited for me at every other mile. I'd see his figure, (8.), flitting before me, still in its same attitude over the cold and (9.) ground, flitting over dried up rivers, over broken stones cast up by old glacial (10.), flitting in that pure and cloudless air. I was beside myself, when I finally reached Gallup, New Mexico, this morning.

There's an auto camp here. It's cold, almost deserted, this time of year. I went inside and asked if there was a telephone. I had the feeling that if only I could speak to someone (11.), someone I loved, I could pull myself together.

＊第十五組測驗解答：

1. everywhere 2. fountain 3. check 4. gallons 5. a lunar
6. mesa 7. indifference 8. shadowless 9. lifeless
10. upheavals 11. familiar

內文提示：

  1. drinking fountain：飲水機。

  2. Navajo reservation：納瓦荷保留區。美國最大的印第安族保留區，由族人自治管理，保留區內的收入，美國政府一律不課稅。

  3. lunar landscape：如月球般荒涼的景觀。

  4. mesa：(n.) 方山，如平台般的山。

  5. flit：(v.) 迅速移動。

  6. old glacial upheavals：古老冰河時期的地殼變動。

  7. beside oneself：忘我、發狂。

  8. deserted：(adj.) 荒廢的、無人跡的。

長途電話

＊第十六組填空測驗：

接線生 1："Your call, please."

亞當斯："Long distance."

接線生 1："Long distance, （　1.　）."

接線生 1："This is long distance."

亞當斯："I'd like to put in a call to my home in Brooklyn, New York. I'm Ronald Adams. Um, the number is Beechwood 20828."

接線生 1："Certainly, I'll try to get it for you."

接線生 1："Albuquerque? New York for Gallup."

接線生 2："New York."

接線生 1："Gallup, New Mexico calling Beechwood 20828."

亞當斯：I'd read somewhere that love could （　2.　） demons. It was the middle of the morning. I knew mother'd be home. I （　3.　） her tall, white-haired in her crisp house-dress, going about her （　4.　）. It'd be enough, I thought, just to hear the even （　5.　） of her voice.

＊第十六組測驗解答：

1. certainly 2. banish 3. pictured 4. tasks 5. calmness

內文提示：

1. house-dress：(n.) 家居服。

2. demon：(n.) 惡魔。

躺著學英文 ❷

投幣

＊第十七組填空測驗：

接線生 1："Will you please （ 1. ） three dollars and eighty-five cents for the first three minutes. When you have deposited a dollar and a half, will you wait until I have （ 2. ） the money?"

接線生 1："All right, deposit another dollar and a （ 3. ）."

接線生 1："Will you please deposit the （ 4. ） eighty-five cents?"

接線生 1："Ready with Brooklyn. Go ahead please."

＊第十七組測驗解答：

1. deposit 2. collected 3. half 4. remaining

內文提示：

　1. deposit：(v.) 存、給押金；這裡指先投入錢幣

　2. remaining：(adj.) 剩下的。

母親住院

＊第十八組填空測驗：

亞當斯："Hello?"

溫太太："Mrs. Adams （ 1. ） ."

亞當斯："Hello, hello, Mother?"

溫太太："This is Mrs. Adams residence, who is it you wish to speak to, please?"

亞當斯："Uh, uh, who is this?"

溫太太："This is Mrs. Winney."

亞當斯："Mrs. Winney? Why, I don't know any Mrs. Winney. Is this Beechwood 20828?"

溫太太："Yes."

亞當斯："Uh, where's my mother? Where's Mrs. Adams?"

溫太太："Mrs. Adams is not at home. She's still in the hospital."

亞當斯："The hospital?"

溫太太："Yes. Who is this calling, please? Is this a member of the family?"

亞當斯："What's she in the hospital for?"

溫太太："She's been （ 2. ） for five days - （ 3. ） （ 4. ） . But who is this calling?"

亞當斯："Nervous breakdown? My mother never was nervous."

溫太太："It's all （ 5. ） （ 6. ） since the death of

躺著學英文 ❷

her oldest son Ronald."

亞當斯："Death, death of her oldest son Ronald? Hey! Who? What's this? What number is this?"

溫太太："This is Beechwood 20828. It's all been very sudden. He was killed just six days ago in an automobile （ 7. ） on the Brooklyn Bridge."

接線生 2："Your three minutes are （ 8. ）, sir. Your three minutes are up, sir. Your three minutes are up, sir."

＊第十八組測驗解答：

1. residence 2. prostrated 3. nervous 4. breakdown
5. taken 6. place 7. accident 8. up

內文提示：

1. Mrs. Adams residence：亞當斯太太公館、亞當斯的家。

2. prostrate：(v.) 倒下來。

3. nervous breakdown：精神崩潰。

4. take place：發生。

5. Your three minutes are up.：你的三分鐘到了。

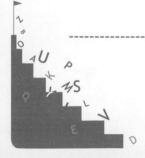

死神的召喚

*第十九組填空測驗：

And so, so I'm sitting here in this deserted auto camp in Gallup, New Mexico. I'm trying to think. I'm trying to get hold of myself. （　1.　）... I... I'm going to go crazy.

Outside it's night, the vast, soulless night of New Mexico. A million stars are in the sky. Ahead of me （　2.　） a thousand miles of （　3.　） mesa, mountains, prairies, （　4.　）. Somewhere among them, he is waiting for me. Somewhere I shall know who he is and who I am.

(The End.)

*第十九組測驗解答：

1. Otherwise　2. stretch　3. empty　4. desert

內文提示：

1. stretch：(v.) 伸展、延伸。

後 記　一根小草開出一朵花

──我的英文成長路

→ 京戲裡有句話：「一招鮮，吃遍天。」

→ 每個人只要有一個絕招，就可以吃得開，給我很大的啟示。

→ 我沒什麼本事，這些年來，遊走職場就是憑著一招──英文。

→ 我從不相信宿命，但我相信，「機會只留給準備好的人」。

》一根小草開出一朵花
——我的英文成長路

小時候，我的體重一直很輕（小六，一四八公分，二十八公斤），手臂很細，力道很小，一只裝滿的水桶提不起來，甚至連比我小六歲的弟弟也揹不動。

媽媽常說我：「像妳這樣手軟腳軟的女生，長大以後能幹嘛！」

跑步，每次總是跑全校最後一名，像烏龜；考籃球，一個也投不進籃框；仰臥起坐，躺下就起不來；游泳連續學了五個夏天，從國三學到大一，到美國才學會了憋氣，從游泳池這頭游到那頭。

數學繳白卷，英文亂猜

從小學一路上來幾乎都拿第一名（a straight A student）的女生，因為搬家換學校，不知為什麼，從國二開始，英文和數學這兩個科目，再也跟不上。

其他科目我經常考滿分，或幾近滿分。但每次拿起英文

或數學課本,我總是從第一頁唸起,而期中考已經考到最後一頁。有好長一段時期,我完全放棄自己,數學測驗永遠繳白卷,老師一看到我的名字,就打零鴨蛋。有回,我好不容易答對了兩題,交上去,老師連看都沒看一眼,照樣打零分。最後是我自己畏畏縮縮上前討分數。

至於英文呢?因為有選擇題,起碼可以亂猜。

既然書唸不好,我以為起碼可以不升學,加入勞工業或服務業。於是利用高一暑假到一家洋傘工廠打工,摺洋傘,但因為動作太慢,一天下來竟只摺了三支,連工錢都不夠。

更糟糕的是,我天生很害羞,小學六年幾乎沒說過幾句話。家裡為了幫我治「害羞病」,專程送我去學了幾年的舞蹈。小五那年代表學校參加全省作文比賽,題目放在信封裡發給每一個參賽者,我坐在最後一排,沒拿到信封。我低著頭,淚流了一桌子,卻提不起勇氣舉手說話。又因為不是考試,監賽老師不必走來走去,一直到時間快結束時他們才發現了我,只好又多給我二十分鐘繼續寫。

「鞭策」自己

「我是我媽媽的出氣筒!」我在小三的一篇作文中寫道。

媽媽生的一兒一女,天天生病,而我即使下雨淋得全身

躺著學英文②

濕答答也不打半個噴嚏（Co, co, co, knock on wood. 呸呸呸，童言無忌），怪不得媽媽一看到我就生氣，一氣起來，就拿起竹子往我身上猛打，天天打，一直打到我出國唸書的前一天為止。

我看著她的臉，恁淚水無聲地滾落，流了滿臉都是。我的個性軟弱，沒有脾氣，除了哭還是哭，既不敢跑也不敢吭，更不敢告訴人在國外、三個月回家一次的爸爸。

可我也很倔強，既不喊痛，也絕不求饒，看著她謾罵不斷的臉，小小年紀的我自有盤算——有一天，我一定要跑得遠遠的。

有人問我，怎麼可能在十個月內學好英文？

我笑答：「因為天天有人『鞭』策啊！」

辦法是人想出來的

二○○二年八月到明道文藝營演講，結束後陳社長請吃飯。那是一頓豐盛的日本料理，菜一道道上。幸好是一人一份，各吃各的，因為我把我的那份全吃光了。我覺得有點不好意思，便解釋道：「從國一到高二，有五年我沒有吃過早餐和午餐，所以晚餐總是吃得飽飽的，因為一頓飯要撐上一天。」

那時候，家裡在新竹有三棟房子租給清大、交大的學

生，但媽媽就是不肯給一毛零用錢，我不敢向爸爸訴苦，也不願去求媽媽。

「以後，我的早餐和午餐都要在外面吃，妳可不可以給我餐費？」我向媽媽建議，她同意了。

突然間我變得很富有，每個月有兩千塊零用錢，花都花不完。我全花在買閒書、買英語有聲教材。

辦法都是人想出來的，幸好我沒得胃病。

語言初體驗

每次從北京回來，機上的空中小姐會問：「小姐，妳是大陸來的？」我才發現，原來我天生有一種本事——跟腔。這對學語言是優點，但也不盡然。有陣子，常來往的朋友台灣腔很重，害我說國語也跟著咬字不清。

可是，各位有所不知，十二歲以前我還不會說國語呢！

國中一年級，開學近三個月，我們家突然搬到新竹市，對我來說，仍有幾分「文化震驚」（culture shock）。

第一天上課我就出了糗。物理老師提出一個問題，點到我的名字。我回答：「四十四。」

誰知全班竟哄堂大笑起來。教室裡坐滿了穿白衣、藍百摺裙的女生，一百多隻眼睛全停駐在我身上。答案不是四十四，那又是什麼呢？我愈來愈感到侷促不安，手心冒冷汗，

躺著學英文 **2**

不知如何是好。

　　忽然，坐在前排的一個女同學站起來發言：「新同學答得一點也沒錯，請大家保持風度，不要隨便亂笑。」

　　這時，大家笑得更厲害。那個女同學回過頭來，狠狠白了眾人一眼。於是我發現，城裡的孩子和鄉下來的最大不同是，她們都能講一口很溜的國語，因為她們是外省人。難怪初次聽到我以濃重閩南語腔把「四十四」說成「思思思」、將「老師」說成「老輸」、「開發」說成「開花」、「吃飯」說成「粗換」……差點笑掉大牙。說實話，在鄉下大家都是這麼說國語的，誰也不覺得奇怪。我幾乎沒看過電視，也沒有聽過所謂「標準的國語」。

　　我跟思怡、葉子就因為「台灣國語事件」，從此成了至交，三個女生天天同進同出，人家喚我們「三劍客」（The Three Musketeers）。

　　三個女孩中，我的功課較佳，除了英數以外，其他科目幾乎全拿滿分，她們倆的成績不怎麼樣。有回，她們還把學期成績單的地址寫到我家，免得被她們的父母看見。

　　她們的母親都有興致為女兒打扮，經常給她們買新衣新鞋。媽媽從未給我買過便服，一年到頭就是夏冬兩季各兩套制服，替換著穿。別人從我身上看到的是簡單樸實，甚至是標準的窮酸相。

　　周末假日，我們經常到葉子家打乒乓球。她家二樓的空間大到足以擺得下兩張球桌，可見家境不錯。有一回，她那雍容華貴的母親竟當著我的面告誡她：「別靠她太近，小心傳染到她的近視眼！」

　　當時，無知的我差點信了這句話。

　　只有思怡的校長父親當面誇讚道：「好學生就該天天穿制服。」

　　當年語言初體驗，想來只能一笑置之。

缺乏自信，未嘗不好

　　近年來，教育心理學家推崇提昇「自尊、自信」（self-esteem），也就是說「自我感覺良好」、「認為自己有價值」，這樣的人會活得比較快樂，比較成功。

　　我雖然同意，但很不幸地，在媽媽的長期影響下，我一直沒有「自信」（confidence）。媽媽的字典裡從來沒有「鼓勵」與「同情」兩個字，她眼裡只看到我的缺點。拿到全省國語文比賽第三名，媽媽嘲笑我：「妳怎麼才拿第三！」

　　在我們家，書唸不好會有壓力，然而我的朋友只唸到專科，家裡已經覺得她很棒，因為她是整個村子少數唸到高中以上的女生。她就是擁有「high self-esteem」。

　　一旦得到些許成績，雖然一時很開心，但我從不「覺得

躺著學英文 **2**

自己很棒」，總想著還有什麼地方可以改進的。因為「我做我喜歡的，而且做得輕鬆愉快」（I do what I please and I do it with ease.）

我倒覺得培養「自律」（self-discipline）比「自尊」更重要。太樂觀的人容易滿足，把一切「視為理所當然」（Take it for granted!），因而容易失去危機意識。有自信、自尊固然好，但如果自我感覺過度良好，而別人並不覺得你有那麼好的時候，那怎麼辦？

「缺乏自信，未嘗不好！」（Lacking in self-esteem? Good for you!）

工作從天上掉下來

一個文科畢業的女生，沒有別的專長，能有多少出路？

研究所畢業以後憑著英文能力，在科技產業界──台灣飛利浦公司人事部祕書、德國西門子公司採購部助理及研發部祕書；文化事業──聯合報副刊編輯、出版社英文編輯；教育界──教了一年建築英文。前不久，美加補習班也上網站留言版找我去開課……。我從沒靠關係，也不走後門，更不求人。

除了兩家外商公司，其他工作都是別人主動找上我，真的，有如奇蹟似的，從天上掉下來，而每一份工作都寫著：

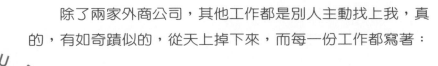

"Good English communication skill is a must for each position."

聯合報最大外稿供稿人

　　一如在《躺著學英文》第一集所寫的，我這輩子認真唸英文只有十個月。

　　學好英文，對別人來說，可能要許多年後才收回本錢，尤其現在的孩子從幼稚園開始學，回收恐怕得等二十年後。但因我天生好奇，對什麼都感興趣，一到美國，到處遊玩、拍照，同時為台灣的幾家報紙翻譯改寫國外的風情，幾年下來刊出一千多篇小文，賺了近兩百萬稿費，夠我跑遍全世界。

＊ 成寒大學時期漫遊納瓦荷印第安保留區，這也是本書所附廣播劇的其中一幕背景。

躺著學英文**②**

我完全不認識報社的人，每一篇文章都以投稿方式刊登。有時候，同一天報紙的各個版面出現我用不同筆名刊登的五、六篇文章，而且幾乎天天登。聯合報綜藝版編輯稱我為「最大外稿供稿人」，殊不知投稿者僅是區區一個大學女生。

那時候的稿費真好賺，拜於國外版權無限制，每個月我訂閱五、六十份英文雜誌，以飛快的速度瀏覽一遍，把有趣的圖片剪下（一張圖稿費三百至五百元），然後改寫內文，磨練成一手快筆。兩千字的稿，不到三小時即可完成。報上刊的非文學性文章，要求精簡，剛開始我投的稿子，編輯會主動刪去多餘的字。久而久之，我也逐漸學會砍字，尤其是多餘的形容詞。

那種錢實在太好賺，不知為什麼沒人搶。我平常要上課，只在周末寫稿，有時一個月可領到七萬台幣稿費。想當初，我學英文全部開銷還不到十萬台幣。

當然好日子也不長久。最後一段時期，聯合報特派員鄭麗園（外交官夏立言的夫人）人在國外，同樣也可取得各種英文雜誌。記得有一本荷蘭剛發行的《莫斯科》（Moscow，因為共黨剛垮台，歐洲流行一股蘇聯熱），我在阿姆斯特丹機場買到創刊號，回去馬上寫稿，很快就刊出。但第二期以後，人家開始用鄭的稿子，不用我的。我的危機意識立刻揚

起，擔心有一天稿子真的沒人要，我就沒飯吃。

當報社的編輯提醒我：「這份『剪貼飯』只剩下不到兩年——」我頓時驚醒，為了將來不被淘汰，當下決定就此封筆。

外商公司的體驗

在台積電等本土科技公司施行員工股票分紅之前，外商公司是畢業生的夢幻企業，月薪高、周休二日、員工福利和辦公環境一流。在公司裡，外國老闆曾經一路幫我們女生開門，完全不擺架子。

任職於西門子採購部門時，最基本要求就是英文精確，數字不能看錯。每天處理一大堆P.O.（purchasing order，採購單），一個不小心，公司可能要賠上千萬甚至上億台幣的代價。有回，一個採購員在建議備忘錄上角，以紅筆提示："Interesting？"

老美上司看了不太明白，叫我過去幫他解讀。我一看到那個字，運用一下中文思維，立刻想到是寫錯了字。採購員本來想寫的是「Interested？」（有興趣否？），而「interesting？」卻是「覺得有趣嗎？」。

一個形容詞，字尾加上「ing」或「ed」，意義大不同。

躺著學英文②

天狼星 vs. 天狼伴星

　　當我辭掉台灣飛利浦的工作，打算回美繼續唸研究所，媽媽第一個反對，她認為飛利浦是打不破的金飯碗。何況，那是我好不容易爭取到的工作。

　　一個文科女生真的不太容易找事。進了飛利浦，我發現大部分的初級祕書都是靠人事關係進去，畢竟這是個門檻不高，好像人人都可以做的差事，只是做得比較好或較差而已。

　　在當時，飛利浦是台灣第一大外商公司，員工有八千人，祕書的薪水特高。每一層樓配有工讀生幫忙打雜、跑腿、泡咖啡。大祕書 Vivian 是開創元老，當年我曾發願，有一天我要做到那個位置──我的老闆一人之下，八千人之上。

　　然而說穿了，祕書不過是一顆天狼伴星，命運隨著老闆升遷而起伏。尤其是大公司裡的大祕書，一旦 boss 去職，其他同等階級主管若不願接納的話，有的祕書只能屈就小主管，或不得已換公司。

　　星空中有些雙子星，有的互相輝映，有的如天狼伴星──白矮星，不及主星亮。人們經由天狼星才發現它，而天狼星是夜空中最亮的恆星。在這世上，有些人並不想一直做天狼伴星，他要有自己的天空。

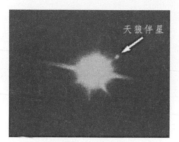

＊ 天狼伴星永遠是配角

　　這幾年看著飛利浦竹北廠、大園廠、竹科廠、高雄建元廠一家接一家關掉。前陣子在上海碰到舊日同事，他居然嘆氣說：「現在飛利浦的員工流落各地，妳曉得嗎？」

一招鮮，吃遍天

　　京戲裡有句話：「一招鮮，吃遍天。」每個人只要有一個絕招，就可以吃得開，給我很大的啓示。我沒什麼本事，這些年來，遊走職場就是憑著一招──英文。

　　我從不相信宿命，但我相信，「機會只留給準備好的人」（Chance is for the prepared mind.）。

　　但在如此競爭的現代社會，光有一招鮮，不太可能吃遍天，所以還要培養第二招、第三招，培養多職能力。可是，倘若一招沒學好，又要去學第二、第三招，如英文沒學好，就想學法文、德文，那就會連半招都沒了。

躺著學英文 **2**

Studying系列⑪

躺著學英文2——青春‧英語‧向前行

作　者—成寒

主　編—饒仁琪

編　輯—林文理

美術編輯—高鶴倫

責任企劃—王嘉琳

董 事 長—趙政岷

出 版 者—時報文化出版企業股份有限公司

108019 台北市和平西路三段二四○號三樓

客服專線—(○二)二三○四—七一○三

郵撥—一九三四四七二四時報文化出版公司

信箱—一○八九臺北華江橋郵局第九十九信箱

時報悅讀網—http://www.readingtimes.com.tw

電子郵件信箱—popular@readingtimes.com.tw

法律顧問—理律法律事務所 陳長文律師、李念祖律師

印　刷—勁達印刷有限公司

初版一刷—二○○三年一月二十二日

初版十一刷—二○二四年五月二十四日

定　價—新台幣一八○元

版權所有　翻印必究（缺頁或破損的書，請寄回更換）

躺著學英文. 2, 青春.英語.向前行/成寒作.
一初版.一臺北市：時報文化, 2003 [民92]
面；　公分.一（studying系列；11）

ISBN 978-957-13-3845-3（平裝&光碟片）

1.英國語言 － 讀本

805.18　　　　　　　　　　　　92000779